心碎三行詩童話

Fairy Tales About Heartbreak

揭開我們如何為愛而傷、在傷裡長大的真相

小島 著

目錄

contents

第三章——遺落夢境

好評推薦

「童話之所以能流傳至今，往往是因為與我們的集體無意識產生了共鳴。然而，童話中的主角心聲又是如何呢？本書讓我們得以窺探故事主角的內心世界與黑暗面，或許你會驚訝地發現，他們其實與我們有著如此相似的一面。」

——于玥，占星療癒心理師

「讀完這本書之後，只有驚嘆——童年的床邊故事，也許跟你想像的不一樣！白雪公主之後真的過著幸福快樂的日子嗎？三隻小豬為什麼不齊心蓋一棟大房子？每篇都讓我讀得到開頭、猜不到結尾，《心碎三行詩童話》絕對是細細品味後，令人陷入沉思的一本好書。」

——小本丸，漫畫家

「當童話故事不再是童話故事，小島充滿創意與想像的新視角，將原本熟悉卻有距離感的童話，變成貼近人性的現實。」

——日下棗，漫畫家

「小紅帽怎麼可能看不出來大野狼是奶奶？但若她相信本質有善，被吃掉就成為故事必然。書中對於陰影和光明共存的探討，讓故事往不同角度開展，各種選擇造就的結局令人玩味不已。」

——黃之盈，暢銷作家、諮商心理師

「『或許，這才是所謂美好童話背後的真相吧？』這是在我讀了小島的新書《心碎三行詩童話》後，腦海裡最先浮出的疑問。最開頭的三行詩，彷彿已經昭示了故事的脈絡，結尾卻又給讀者帶來無限遐想。儘管書名帶有童話二字，應該要有所謂的美好結局，這是早已根深蒂固的刻板印象，但是本書使我忽然清楚意識到，或許故事從來不會有一個結尾——而小島寫下的是故事外的故事。」

——溫如生，作家

作者序

戳破童話糖衣，反映真實世界

「大野狼假扮成奶奶，小紅帽怎麼可能看不出來？」

二〇二〇年某日，我在下班途中的公車上聽到前排座位一對母女的對話，小女孩手上拿著《小紅帽》的故事書，引頸期盼她母親能回答她的疑惑。

然而，她母親只淡淡地說：「那只是童話故事，別太認真。」

我是從這一刻起開始思考，如果以現代社會的成人眼光來認真看待童話，那些故事裡的角色心境會是什麼？

小紅帽真的認不出床上的是大野狼嗎？還是她為了尋求刺激，假裝不知道？就如同初次談網路戀愛的少女，也許多少明白跟陌生網友見面有危險，但因為想探索禁忌、想認識大人的世界，而願意走入危險的森林。

由小紅帽的觀點為起點，靈感開始湧現。我先從格林童話的經典公主角色來進行換位思考，例如：睡美人、白雪公主、灰姑娘……改寫她們在原著的境遇，延伸出更貼近現代社會的人性欲望。有了題材後，下一步就是建構可以容納這些點子的創作形式，我希望用簡短幾句話承載故事的主旨，便設計以三行詩做為引言，結合童話角色觀點，帶出打破傳統、截然不同的故事——三行詩童話於是正式誕生。

在社群專頁發布幾篇以童話公主為主角的內容後，我驚訝於讀者的熱烈迴響，不少人向我分享他們對角色的共情，像是白雪公主把七矮人當作工具人，一個願打一個願挨，何錯之有？又或者睡美人面對自以為是的追求者，故意裝睡不醒的情節，戳破了童話甜美外衣，反映世界的真實面貌。在讀者的回饋中，我注意到這個系列擁有極強的感染力，即使某些故事讀來心碎且銳利，依舊能讓人們在黑暗中探索力量。

等到「三行詩童話」系列逐漸成熟，並有幸出版成書後，我決定擴展探討更多主題，包含居住正義、善惡二元論、存在主義等內容，用平易近人和充滿反轉的劇情，一窺經典角色們的真實想法，期盼讀者除了閱讀故事的樂趣，也能從寓意裡獲得被理解的心情。

本書收錄四十個童話改編故事，題材包羅萬象，原本發布在社群專頁的內容也加以擴寫，深化角色心境，相信其中必定有能觸動你內心的一則故事。接下來請靜下心，與你的內在小孩一起，聽我說說與眾不同的童話故事。

從前從前……

第一章

破碎森林

01 只愛你一個

門後不可言說
當承諾被猜忌撬開
我便是你最骯髒的祕密

——《藍鬍子》新婚妻子

猜忌是燎原的大火

「請將你美麗的女兒嫁給我吧。」

領主大人已經第三次來訪，雖然前幾次我都拒絕了求婚，但出於禮節及身分地位，父親不得不讓他再次登門提親。

我悄悄地從房間探出頭，端倪外貌英俊挺拔、留有藍色鬍子的領主大人。

「我會好好照顧她，並愛著她的。」

面對如此熾熱的真心，我有所動搖。

那時我還不知道，這句承諾，將為他的愛鏈上枷鎖。

「聽說藍鬍子領主殺過人。」

坊間盛傳領主大人殺人的謠言，但我不顧父親的反對，一入秋便嫁給了他。

新婚後，在富麗堂皇的城堡裡，我過著衣食無缺的生活，而丈夫也細心地呵護著我，耐心地聽我說話、滿足我想要的一切。

不過幾天的時間，我已覺得自己是世界上最幸福的妻子。
如此溫柔的丈夫，怎麼可能殺人呢？
「我很快就會處理好。」
丈夫拎起行李，在馬車前與我道別。我們仍在新婚喜悅中，他卻得出門到遠方一趟。
「路上小心。我愛你。」
「我也愛妳。」
我踮起腳尖，給他一個深深的吻，他臉上的鬍鬚卻扎得我有些刺痛。
「對了，在這棟房子裡，妳要去哪就去哪，但是——」
他從懷中遞出一把萬用鑰匙。
「唯獨地下室那個房間，妳不要進去。」
我沒有去過城堡的地下室，也不知道有這麼一個房間，因此勾起了我的好奇心。房間裡藏著什麼呢？
丈夫出遠門後，我久違地來到鎮上市集買布料，我打算織一條圍巾當作他的禮物。

店內有兩位婦人咬著耳根交談：

「這就是藍鬍子的太太嗎？看她過得挺不錯的。」

「聽說藍鬍子的城堡裡，藏有稀世珍寶。」

「會不會是藏屍體啊？之前就有他殺人的傳言了。」

「說不定是更不可告人的骯髒祕密。」

「噓，小聲一點，他太太在看我們了。」

我不以為意地繼續挑選市場上的布料。

可笑的謠言，人們往往只願意相信自己想相信的。

「也有可能是女人的貼身衣物，像他那種高高在上的人，有奇怪的癖好也不意外。」

但由相信所築成的城堡，只要有一點微小猜忌，瞬間就能成為燎原大火。

壁爐裡的柴火熊熊燃燒，驅散漸寒的冬季。

我織著圍巾，有些心煩意亂。我相信丈夫不會殺人，但市集裡婦人們的蜚語，加上丈夫臨走前的叮嚀，讓我無法定心，在信任與猜忌間游移。

我提著油燈來到地下室，火光照亮幽暗空間，來到地下室深處的房間前面，我發現門上鎖了。

「妳不要進去。」

丈夫的叮嚀迴盪在耳邊，我仍拿出鑰匙，插進鑰匙孔中。

「框啷、框啷。」

門打開了。這樣一來，就能讓所有猜忌消散，往後我們會更加幸福。

這是……我被映入眼簾的景象震懾，並開始發抖，差點暈眩過去。

門後沒有稀世珍寶，也沒有屍體。

這道門通往了另一個房間，只見富麗堂皇的大廳裡，那位擁有藍色鬍子的男人——我的丈夫，和一對看起來像是母子的人，坐在餐桌前享用著盛宴。

他們驚訝地看向我。

房間另一頭的門上面，掛有一幅家族肖像畫，畫中的人是丈夫和——

「爸爸，她是誰？」

他的妻兒。

冬陽從窗外透進來，房內揚起的灰塵因而閃閃發耀。

情人仍在熟睡，床尾掛著卸下的衣物，還有幾年前我所編織的碎花圍巾，而在布料上有片偽裝成塗料的鮮紅，沾染著曾經的戀情。

自從藍鬍子領主，我的前夫被認定失蹤後，我便繼承了這座城堡。

後來，我從他留下的日記中，得知他曾擁有一扇時空之門，原來他不屬於這個世界，我所在的地方不過是他逃離枯燥生活的淨土。他也靠著時空之門，累積大量財富，並興建了這座城堡，而他在日記中提到，從第一眼看到我的時候，就認定我是他的真命天女。

和我結婚後，他打算進行一個測試，如果我能夠不打開地下室的門，那他就會離開自己的妻兒，和我好好在一起。他對我有信心，因為我很愛他。

「妳相信嗎？」
情人說著夢話，打斷了我的思緒，我看向他俊俏的臉龐，感到心滿意足。
我打算幾天後出遠門，帶上偷偷織好的另一條圍巾，我會把萬能鑰匙留給
情人，並叮嚀他不要去地下室的那個房間。
「妳愛我嗎？」
他再次說著夢話，我親吻他的額頭。
「我愛你。」
是啊，我是愛你的。
如果你通過測驗了，那麼我會真的，只愛你一個。

02 毒蘋果

裝睡只要咬下一口
盼望缺愛的人
永遠得不到我

——《白雪公主》白雪公主

予取予求的愛

「生日快樂！」
他們捧著剛烤好、插有蠟燭的蛋糕，靠在床邊等待我驚喜的反應。
「哇！好棒的蛋糕！」
我吹熄蠟燭，房間只剩桌上油燈亮光，照亮眼前這幾位醜陋又矮小的男人。
多虧了他們，我在被壞心的繼母皇后追殺後，還能有個安身之處。
「只要妳開心，我們也開心。」
「你們最好了，大家都過來，我要好好謝謝你們。」
他們陸續拿掉骯髒、沾著煤礦的帽子，露出光禿的頭，列隊讓我一一親吻。
雖然無法讓我動心，但我得讓他們相信，他們有資格得到我的心。
「最喜歡白雪了。」
在找到想要的愛之前，需要有人願意先拿出真心，填補空缺。

「請慢用。」

炎熱的盛夏到來，為了讓我消暑，他們一早就出門找尋鮮美可口，我最愛的蘋果。

餐桌上放著整籃的新鮮蘋果，空氣中混雜著汗臭味，雖然有些不情願，我暫時屏住氣息，假裝喜悅地拿起一顆蘋果，咬了一口，並示意他們一起享用。

「妳為什麼要對我們這麼好呢？」

「因為你們很重要，來吃蘋果吧。」

有他們的平凡，才能顯得我多特別。

爭先恐後吃著蘋果、露出滿足表情的矮人，令我有些作嘔，暗自決定等他們離開房間後，才要好好地享用這些只屬於我的甘甜。

蘋果豐收的季節過去了，要吃到新鮮的果實已經不再那麼容易。而矮人們辛勤地找尋我的各種欲求，即使我不需要，仍要他們心甘情願地供奉這份愛。

我想要的愛也終於到來。

某日，我在森林中與動物玩耍時，遇到了一位正在泉中盥洗的王子。
我躲在樹林中偷偷地看著他，瀑布泉水滑過他俊俏的容貌，卻沖不掉精壯身軀散發出的迷人氣味。
我感到全身燥熱，他如同蘋果般可口，但我沒有勇氣現身，只因為顧忌著我身上那道醜陋的疤。
來到矮人小屋的這段期間，雖然身體已回復大部分的元氣，獵槍打到的傷口也痊癒了，卻留下難看的疤，也因為這個疤，我沒有勇氣回到外面的世界。
我需要更多的愛，來找回自信。

遇到王子後，我更常為疤痕的存在而黯然神傷。
「親愛的白雪，妳的疤痕絲毫不會影響妳的外貌，別擔心，妳是世界上最美麗的女人。」
「有什麼可以為妳做的？還是說我們去尋找可以消除疤痕的魔法？」
「如果妳難過，我們也會難過的。」

看見他們心疼的模樣時，我感到格外舒心。我很重要嗎？我值得被愛嗎？從自卑到自信，我需要更多他們的愛。

於是，我想了一個點子。

「白雪醒醒啊！別嚇人啊！」

他們圍繞在床邊，嚎啕大哭。

「嗚……為什麼會這樣？」

「該死的巫婆！我們一定要為妳報仇！」

我假裝吃下巫婆送來的毒蘋果而陷入昏迷，聽著他們此起彼落的哭聲，擁抱專屬的愛，看來這群傢伙將永遠成為只愛我一人的奴隸。

他們現在的模樣會有多窩囊呢？

等他們哭夠了，我會再次醒來，然後……

「只能這樣子做了。」

你們要幹什麼？

為什麼從眼皮透進來的光突然間不見了？他們聽不見我的呼喊嗎？

他們要做什麼？

在狹小悶熱的空間中，越來越難呼吸。

從被他們放進來棺材後一段時間了，我也已經放棄呼喊。棺材裡有幾顆有著奇怪味道的蘋果，我記得這是用來殺老鼠的藥水味道。

稀薄空氣讓我越來越暈眩，恍惚中耳邊傳來他們的禱詞呢喃：

「親愛的神啊，請保佑我們的愛人在另一個世界順利，我們會永遠記得她尚未腐敗的美麗。」

我的意識越來越模糊，但面對死亡，卻不覺得害怕或寂寞，因為他們將永遠地愛著我。

「白雪，妳不會愛上我們任何一個人，我們也知道妳為邂逅的王子深深著迷，很高興終於找到了擺脫妳的理由。」

我有點睏了，我想再過不久，這裡也會變得不再吵雜，將伴隨他們的祝福，永遠地寧靜下來。

「王子將會永遠陪伴妳，祝你們幸福，至死不渝。」

用指甲不停刮著棺材的王子殿下，仍舊沒有放棄地尖叫著。

親愛的王子，如果你會害怕的話，不如和我一樣，吃下蘋果好嗎？

03

要糖果的人

將真相推落
助燃謊言
讓目光熾熱

——《糖果屋》漢賽爾

偉大作品的誕生

父親看向窗外田野中，被釘滿老鼠屍體的稻草人，稻草人周圍聚集不少議論紛紛的村民。繼母手提清理的器具來回進出大門，往返田野和家中。

「漢賽爾，這是你還是妹妹弄的？」

父親質問我和妹妹。

「不關葛麗特的事情，是我做的。」

「不，我也有參與，如果要懲罰也一起罰我。」

雖然免不了被懲罰，但能吸引到許多人來欣賞我們的傑作，我就覺得開心無比。

想要創造「傑作」，是因為許久以前的某天下午，我和妹妹出於無聊抓了鎮上田裡的許多蝗蟲，聚集起來後用火燒掉，再用竹籤串起來，放在地上擺成星星的圖案，農民們因此豎起大拇指感謝我們，還給了好多糖果，從那次之後，我們便很享受獲得注目。

「我沒辦法忍受你們一再犯錯，上次的教訓還不夠嗎？」

日前，我們將麻雀屍體偷偷放進繼母的菜籃裡。等她去市場發現時，她失措尖叫而成為全街的焦點，讓悄悄在一旁觀看的我們備感成就。

「明天你們去森林裡撿柴火，天黑前不准回家。」

妹妹有些不安地看向我，而我微笑回應。

親愛的妹妹，不用擔心，就算是在森林，我們依舊能展現才華。

森林裡瀰漫著大霧，我牽著妹妹的手，找不到回家的路。

走了好久，才終於看見某團火光在迷霧中一閃一爍，火光上方還有著裊裊炊煙。眼前出現了一座美麗的小木屋，透過窗，可見爐火正燃燒著。

我敲了敲門，和妹妹齊聲喊著：

「有人在嗎？我們迷路了！」

「可憐的小朋友，快進來。」

某位和藹的老婆婆為我和妹妹開了門。

進屋後，我們仔細地打量房子，溫馨的客廳裡鋪有熊皮地毯，牆上做工精細的時鐘彈出報時的咕咕鳥，爐火前搖搖晃晃的椅子上有編織到一半的圍巾。

優秀的創作者，時時都要注意身邊的事物。

「多吃一點，不夠再跟婆婆說。」

晚餐時刻，餐桌上擺滿了豐盛的食物和糖果，但最吸引我的是壁爐前熊熊燃燒的大火，壁爐裡加入稍早我們撿的柴火。

火光閃爍，我靠向妹妹耳邊，興奮地訴說點燃的靈感。

「你們在說悄悄話嗎？真可愛。」

老婆婆在碗裡盛滿湯，親切地問道。

她仍不知道我們的耳邊細語，藏著輕蔑所求。

「孩子們快逃！失火了！」

半夜時分，婆婆抱著妹妹，拉著我衝出小木屋。

「呼，得救了。」

婆婆把妹妹放下後轉過頭，看著房子被逐漸加大的火勢焚燒著，皺起眉頭。

「哥哥，我寶貝的娃娃還在房子裡，怎麼辦……」

妹妹拉著我的手，並刻意露出了難過的表情。

「放在哪裡？婆婆去拿，你們乖乖待在這裡。」

「在餐桌的椅子上。」

婆婆摸摸妹妹的頭，回以笑容，有如柴火般溫暖。

等她走進房子內，我和妹妹用眼神確認接下來的計畫，隨後扛起一塊早就準備好的木板，堵住了出入的大門。

「啊！救救我……」

寂靜夜裡，除了劈啪作響的木頭燃燒聲，還有尖叫聲和悲鳴，隨著大火逐漸在夜空下化成灰燼。

我們手牽手咧嘴而笑。又誕生了一個偉大的作品。

「所以你們在森林中遇到巫婆了？」

隔日，前往森林搜索的父親和其他居民發現了留在原地的我們。

被焚燒殆盡的小木屋和婆婆的殘骸，往後引起了居民的熱烈議論，因為我們捏造了遇到巫婆的遭遇，且沒有人去深究背後無聊的真相。

人們說我們勇敢，對我們投以敬佩的目光。

「給你們糖果，有好故事就有糖果吃。」

「相信你們的名氣，一定會聲名遠播。」

「我們會繼續努力的，之後也要麻煩你們！」

我們開心地吃著糖果，暗自計畫下個月鎮上的營火祭典，也要創造偉大的作品。

創作者會持續耕耘，而我們期盼遇到更多——

「如果喜歡我們的故事，請繼續豎起拇指，給予糖果，並將故事分享給更多的人。」

值得被點燃的真相。

04

心願

點燃所有只為再見到太陽
火光取代不了繁花
忘記你是最後的願望

——《賣火柴的女孩》女孩

無法實現的願望

雪花飄落在寂寥夜裡，在熙來攘往的街道上，我握著火柴盒，奮力地叫賣著。過了許久，才終於有人叫住我。

「我要一盒火柴。」

你彎下腰，接過我手上的火柴，我注意到你的手臂上有好多瘀青。

「呼，越來越冷了。」

你拆開盒子，快速地拿出一根火柴並點燃，火光瞬間照亮你腰間的拳套，以及身上大大小小的傷。

連同我的傷，也一同被照亮。

在冬季最寒冷的日子裡，我似乎遇見了太陽。

「我今天比賽贏囉，所以——」

你指尖上的傷疤像花瓣。

「這給妳。」

花瓣與你遞出的花束連接在一起，在這個只有短暫幾個月能見到花的國度裡，隱藏我們的傷口，讓我相信，就算是白夜也有綻放幸福的可能。

花季很快結束了，而你依舊照亮著。

「再過幾天就是冠軍賽。我一直在想，該怎麼開口呢……如果，我說如果，如果我贏了，拿到獎金……我們一起生活吧。」

你照亮了我傷口上的花。

「妳說這些火柴怎麼辦嗎？還不簡單。」

不需要點亮火柴。

「我養妳啊，讓我成為妳的太陽吧。」

也能發出光芒。

但只有在黑夜時，仰望寒冬的月亮，才知道太陽是不是真實存在。

「妳還不知道哦？那個常來跟妳買火柴的拳擊手昨天輸了。」

飄著雪的日子，送報紙的青年在街口捎來關於你的消息。

「太自不量力了，我不懂他為什麼那麼堅持。」

我以為你是太陽，但原來——

「要是趕快倒下，就不會被打死了。」

你也是火柴。

一根火柴。

兩根火柴。

三根火柴。

一百根火柴。

一千根火柴。

雪越來越大了，我不斷地點起火柴。

但偽裝成太陽的火柴，溫暖不了被留下的花。

「我贏得冠軍了。」

火光之中，我看見許多未被實現的願望。

「還喜歡我們的新家嗎？」

「我還沒想好女兒的名字，再給我一些時間。」

「我會繼續努力，讓妳和我們的孩子都能幸福。」

「這朵花送妳。」

點燃的火光中，我把枯萎的花連根拔起，看著一個個心願在火光中熄滅。

雪開始融化，點燃最後一根火柴時，我的身體已經快沒有知覺，逐漸黯淡的視線裡，有人走了過來。

「我要一盒火柴，咦？妳還好嗎？」

那些在雪地裡留下的足跡和願望，連同花的屍體——

「沒呼吸了。」

很快就會不見。

05 華麗的一無所有

歡迎光臨夢之國
最華麗的衣裳
名為一無所有

——《國王的新衣》裁縫師

真正重要的事物

我決定幹完這票後就收手。

「任何人要是有看見這個騙子，請通知我們，國王將提供豐盛的獎金。」

城鎮各處可見通緝我的肖像懸賞。知道真相而勃然大怒的國王，今日在港口派遣無數士兵追查我的下落，不過我已登上離開S王國的船隻。

啟程前，我站在輕輕搖晃的甲板上，大衣口袋中的寶石碰撞作響，擁有這些財富，接下來的旅程想必一帆風順，我要好好做人，成為一流的裁縫師。

不料幾天後船隻遭遇暴風雨，船被大浪擊毀，乘客們紛紛落水，大多數人都沉入了海底。

我抱著船隻的木板殘骸，漂流到一座未知的小島。

上岸不久，便有一群島民來迎接我。島民對我十分友善，不但沒有把我當成入侵的外人，還提供了豐盛的食物和住處給我。奇怪的是他們全身赤裸，對此也沒有任何羞恥感。

更詭異的是，這群島民除了身材矮小，幾乎所有人都長得一模一樣，頭大身體小，有雙大眼睛，膚色黝黑，因都不見生殖器官，而分不清男女，他們並不是一般能見到的種族。

原本我以為來到了落後的奇異國度，但在享用完精緻食材做成的佳餚，並入住工藝超群的水泥屋後，才明白島嶼擁有難以想像的高度文化。

這座島嶼面積不大，大概是一般王國底下的小鎮規模，卻不存在國王及子民的封建制度，而島嶼中央有座巨大的銀色建築，時常能看到一些島民進出，我曾想前往，但只要一靠近建築，就會感受到一股不適，耳中會有類似蚊蠅般的嗡嗡作響。

或許是因為這裡氣候溫暖，才不見島民穿著任何衣物，這讓身為裁縫師的我不禁有些沮喪。

據說銀色建築能提供生活一切需求的物品，島民沒有金錢觀念，所有事物自給自足，他們大多時候會安靜地打坐，閉上眼睛似乎在進行某種冥想，結束後便露出滿足的笑容。

某天起我便不再著衣，學他們打坐冥想，不過卻無法擁有笑容。

因為無法用言語溝通，我只能揣測島民的價值觀，也身體力行，蒐集了一些素材編織成衣物給他們穿戴，試圖教他們裝扮的審美觀念，卻絲毫沒有帶來任何改變。但比起穿戴物品在身上，他們對我的行為更加好奇，常常在我製作衣物時，替我戴上一頂插著線的帽子，帽子連結到一塊能顯示奇怪符號的銅版，符號跟隨我的動作變化，而他們則同步記錄觀察。

深入相處後才明白，他們不穿衣服不只是因為氣候，而是因為沒有比較的意義，他們都同樣幸福。

又或者同樣不幸呢？

原本我打算帶著從S王國獲得的財富，另尋他處開立裁縫店，過上更好的生活，可是錢財在此變成了無用之物，沒有任何物質的比較，擁有一切等同一無所有，這樣的幸福是我想要的嗎？

後來我又穿回了衣服，重拾裁縫的志業，決心離開這裡。

透過島民的協助，我搭建了一艘牢固的帆船，打算在某個晴朗之日啟程。離島之日，島民們在岸邊熱烈地歡送我，除了生存的物資，他們沒有再給予任何貴重的物品，但我已在島上獲得重要的事物。

航行相當順利，幾週後我便抵達某個盛產香料和絲綢的A王國。新國度的人們穿著雖然繽紛華麗，卻缺乏好品味，於是我販賣贗品和從S王國那裡獲得的寶石，在靠近王城的商店街開了間裁縫店，期待手藝能被人民和王族認可。

據說國王喜歡穿漂亮的衣服，並擁有世界上各種美麗的絲綢和服飾，因此相當挑剔，但我有自信做出獨一無二的衣物來滿足他。

晉見國王的前一晚，我看著店內鏡中赤裸的倒影，該如何製作那套美麗的衣裳，心裡有了計畫。

這座被禁錮於世俗的王國將會明白，最華麗的，來自於一無所有。

06

珍貴的祕密

再說一個祕密
國王有個驢耳朵
或是我愛你

——《國王長著驢耳朵》國王

無法變成愛的謊言

「你真是聰明，學什麼都會。」

午夜夢迴，我時常夢到那位女人。

「你一定能成為優秀的國王。」

在皇宮的房間床上，她輕撫我的額頭。她雖然美麗，手指卻如玫瑰般帶刺。

「母后，我沒有自信可以成為像父親那樣的國王，而且我並不是你的孩子，沒有繼承權。」

「別擔心，我早已把你當作親生孩子，會全力支持你，而且你知道……你有多好看嗎？」

她把衣服解開，赤裸的雪白肌膚映入眼簾，這是我第一次看到女人的身體。

「不過別忘了，就算你當上國王，你依舊屬於我。」

她將我擁入懷中撫摸。那晚，我留下無法復原的傷痕。

幾年後，皇后除掉了任何可能上位的國王人選，在父王死後，我名正言順地成為了國王。

「國王居高臨下的嘴臉真令人討厭。」

然而，我被劃傷的耳朵，變成一雙能夠聽見各種謊言的驢耳朵。

「他要得意只能趁現在，我安排的刺客準備進城堡了。」

也因為這雙耳朵，我才能成為真正的強者。

「為什麼要押我進去大牢，國王陛下饒命啊！」

這份力量卻讓人感到寂寞。

「『國王，我願意做你的女人，我愛你。』只要這麼說，我就有機會成為皇后了。」

我用頭巾掩蓋著驢耳朵。

「每天都戴著奇怪的頭巾，真是令人厭煩，但還是得稱讚他。」

「如果他死了，接下來我要投靠誰呢？」

人們就像是搖著尾巴的驢子，希望能透過虛假的言語獲得獎賞。

唯獨鎮上那位知道我長著驢耳朵的理髮師與眾不同。

「國王今天心情不錯，真替你感到高興。」

「你不能在暴風雨後還對人民賦稅，反而應該廣發糧食。」

「市容太糟糕了，城市需要更多的美感。」

「那樣的髮型不適合你，這跟你的驢耳朵無關！」

「和你一起去打獵嗎？我沒興趣，但可以吃看看你做的甜點。」

她敢對我直言，而且大都與真心話相符，除了那個謊言。

多年來，她都不斷地對我說著同個謊。於是，在準備征戰遠方平定叛亂的前一晚，我決定直接確認她的答案。

「妳對我的感情是什麼？」

「我對你的感情嗎?我……」
理髮鏡中的她眼神閃爍,而我也清楚地聽見她內心真正的想法。
「我敬重國王你啊!」
謊言無法變成愛,為了懲罰她的不忠誠,這次我決定告訴她真正的祕密。
「敬重我啊?那我想再跟妳多說一個祕密——」

「國王早安,您平安歸來真是太好了,頭髮長得很快呢。」
然而,在她知道祕密後,我的驢耳朵就像失去魔力一樣,我再也聽不見她真正的心聲,那些皇后當年也曾對我說過的話:
「我愛你,我想占有你的一切,親愛的國王。」

07

樹洞的盡頭

能傾倒祕密的洞
被遺憾填滿
容納不了我

——《國王長著驢耳朵》理髮師

破了洞的人

「請妳幫我保守這個祕密，我最信任妳。」
不知從何時開始，也或許是從一出生就有了。
「我背著丈夫偷情，因為我感受不到愛。」
在我身上破了個能裝進祕密的洞。

「妳善解人意，能明白我的痛苦。」
「我把那女人灌醉了，不然妳以為我是怎麼得到她的？」
「國王頭巾底下一定長著惡魔的角啦，冷酷無情的傢伙。」
我一刀刀剪下客人們的煩惱，但那些祕密或真心話，也隨著髮絲進入我的洞中。

「要是把我的祕密說出去，妳或是妳的家族，任何有關聯的人，我都會統統處決。」

幫國王理髮時，我反而感到安心。只因為他有著最純粹的祕密，一雙能聽見人心的耳朵，以及明亮卻藏著脆弱的美麗眼眸。

「好啦，我發糧食就是了。」

「妳不滿意目前的市容？所以在嫌棄我的政策囉？」

「我留什麼髮型都好看，最近鄰國國王還要把他女兒嫁給我，但我並不喜歡這樣，還沒有了解我，就想成為我的妻子。」

「我做的甜點不好吃嗎？你真是敢說實話。」

他像小孩一樣，對我說著無數的真心話。這些真心話沒有進到洞裡面，反而成為灌溉的養分。

「該死，下次我一定要做出讓你滿意的甜點。」

在洞口旁開出了無數的白色蘆葦花*。

「明天就要遠征了，不知道能不能順利。」

「一定沒問題，你除了很不擅長做甜點，沒有搞不定的事情。」

其實我很擔心，這次分別後，他再也無法回到我身邊。

「認識妳也這麼多年了，只有妳對我表裡如一，我想問妳一件事。」

我明白他能看穿真心話。

「妳對我的感情是什麼？」

但我仍說了謊，因為我也有不能言說的祕密，只要他沒有懷疑並詢問我，

那這個祕密他永遠不會知道。

「敬重我啊？那我想再跟妳多說一個祕密——」

他知道我愛他，但他只知道一半的真相。

「皇后在我小時候，不停地侵犯我，妳能幫我保守這個祕密嗎？」

數月後，國王長征回來，這段期間我也沉澱了許多，並終於下定決心離開他身邊。

「我尊重妳選擇離開，但請記得，我的王國永遠歡迎妳回來。」

只要遠離他，不再真心交談，他就不會發現我真正的祕密。

「這個藥效很強！你們家老鼠很多嗎？」

在新國度的藥店裡，我挑選著致命毒藥。

知道他真正承受的痛苦後，能藏祕密的洞就破了。破掉的洞再也不能塞進任何人，包括我自己的祕密。

「這樣啊，那小心使用。」

我買下能毒死成年人的藥量，只願在永遠離開之前能保護他。

＊作者注：蘆葦花的花語是「自卑的愛情」，蘆葦是離愛情最近的草，也是離愛情最遠的草。

「親愛的，妳是我被前任國王強暴生下來的孩子。」
愛上母親仇人血脈的我。
「請妳有朝一日，接近國王，殺了他替我報仇。」
就是，我的祕密。

08

被占有慾

別再說話

快來吃掉我

今晚只被你占有

——《小紅帽》小紅帽

卸下束縛，真正的模樣

「小紅帽，我跟妳說過幾次了？不可以隨便跟男人出去，妳為什麼那麼不聽話？」

在餐桌前，面對父親嚴厲的指責，我有些不服氣。

「我只是跟著羅賓漢去找食材，你也認識他啊。」

「妳太天真了，下次再沒經過我的同意跟男人出去，妳就完了。」

父親不打算給我反駁的機會，用完餐後忿忿離開。

我不甘心地看著碗中漂浮的番茄塊，鮮紅色澤讓我想到日前的初潮。為什麼我已經成為女人了，連和男性相處、探索自己的機會都沒有？一直以來，我在眾人面前都是乖乖的小女孩，凡事言聽計從，但我很明白在內心深處，這並不是我想成為的樣子。

初潮後，某種燥熱感從雙腿間逐漸萌發，要澆熄這股炙熱？還是任憑它燃燒？我輕輕地撫摸自己的私處還有胸部，感受此刻身體所發出的渴望。渴望著有人可以引導我，走出這片森林。

「辦完事就趕快回來，路上不准跟陌生人說話。」

出遠門前，父親再次的耳提面命使人感到煩躁。

晚點要拜訪從小就很疼愛我的外婆，每次去外婆家總有吃不完的佳餚，或許我能跟她傾訴近來的煩惱。

我花了不少時間穿過森林，抵達裊裊炊煙的小木屋時已近昏黃，我沒有立刻進入屋內，因為察覺到有些不對勁。

小木屋前有幾個像是野狼留下的腳印。

熟悉野獸的羅賓漢說，近來小鎮上出現了狡猾的狼怪，狼怪會吃掉老年人並偽裝成他們的樣子，而雄性的狼怪無論食慾或性慾都相當旺盛，許多女性都因此被侵犯。

站在小木屋門前，我的心跳開始加速，某種不確定的興奮感油然而生。外婆或許遇到危險了，屋內可能藏著可怕的狼怪，為什麼我卻期待門後的世界？

「叩叩叩。」

我敲敲門，門內傳來老人的聲音：「可愛的小紅帽，妳來啦？」

乍聽之下像外婆，但仔細聽有些不太自然。

「快進來吧。」

我沒有遲疑地打開門，走入屋內。

房子裡瀰漫一股淡淡的血腥味，等來到臥室後，只見「外婆」穿著睡衣躺在床上，牠用棉被蓋住了大部分的臉。

「原諒外婆今天身體有些不舒服，不方便下床。」

天色已黑，在昏暗的房間內，牠的眼珠子顯得特別明亮，那並不是外婆的瞳色，一邊說話的同時，一邊不停轉動打量我。

「你哪邊不舒服？」

「我的腰不太舒服，妳願意幫外婆按摩嗎？」

牠把棉被掀開了一小角，示意我上床。

我遲疑了一下，眼前的外婆可能就是會將我吃掉的大野狼，充滿了危險……

然而我卻這樣回應牠：

「好啊。」

因為我的身體又感到燥熱，是這份燥熱驅使我靠近。

「小紅帽，妳越來越漂亮了，想外婆嗎？」

在床上，牠暖和的指尖在我胸前游移，像是舞者般婆娑，越過腰間，輕踩臀部。

「我想你……啊──」

我顫抖地回應，燥熱感已經蔓延到全身。

「妳流了好多汗，外婆幫妳把衣服脫掉。」

牠輕輕脫下衣物，接著開始戳揉我的胸部。淫穢笑容中有著滿嘴的尖牙咧嘴，像是一把鑰匙，盼望能打開我尚未看見的世界。

我還想要更多，我抱住牠，感受膨脹的欲望。

「可以吃掉妳嗎？」

牠終於坦承了真正的身分，而我卻一點都不害怕。

「嗯。」

「我會這麼做，是因為愛妳哦。」

我不只是弱小的人類，脫下世俗的束縛後，才是我真正的模樣。

「但只有今晚哦。」

所以沒關係——

「別說話了，快吃掉我吧。」

請好好地占有我吧。

09

錯放

用吻填滿溽熱之夜
緣分散落成詩
每一句都有你的遺憾

——《小紅帽》小紅帽

放錯位置的愛

「晚安，要出來嗎？」
魔女的瓶中信，捎來不知名的晚安，左右飄動的緣分浮現在燭台前。
「那我們約在午夜，橡樹街的小木屋。」
我回覆了那道灰暗高大、有著獠牙的影子。
又是一個與你相似的人。
我想起幾年前，初為少女時的回憶。

外婆被狼怪吃掉的那天，我幸運地倖存下來。
在屋外路過的獵人循著腳印，破門而入，制止了狼怪的惡行。狼怪被一槍打死，而我則隱瞞了被狼怪侵犯的事實，雖然衣衫不整，但沒留下可見的證據。
返家後，父親沒有責怪，而是心疼我遇到如此可怕的事。我藉機抒發了心情，告訴他不要因為此事就更加限制我的自由，如果要免除街坊人們的流言，我希望能如常生活，並再三保證會注意自己的人身安全，父親終於答應了請求。

然而不斷茁壯的欲望，卻成為另一個難題。

那天和狼怪的纏綿，牠身上的汗水氣味、腥臭體液仍然揮散不去，每當想起牠，燥熱感就會襲來，我只能把手指想像成牠，填滿被鑿開的大洞。但遠遠不夠，我開始跟其他男人約會，並很快地讓他們進入我。

只是，空洞卻越來越大，遠遠比不上那天被占有、填滿的滿足感。

我不明白自己為什麼會對一個怪物如此念念不忘，甚至把牠當作第一個情人，在生命中成為難以抹滅的存在。

於是，我默默來到森林深處販賣魔具的魔女家，向她購買了能和遠方人們即時交流的瓶中信。因為我知道，魔女將瓶中信賣給了許多垂涎肉體的狼怪。

也是從那時開始，我開始透過瓶中信找尋狼怪的行蹤，並和魔女達成了某種交易。

「妳好美。」

月色朦朧，陌生的指尖譜寫著俗套的詩，在我身上來回游移。
「全都脫掉囉。」
陌生的唇，輕吻擺動的影子。
「啊，愛妳。」
陌生的人，拼湊成一部分的你。
曾經的你，在耳邊呢喃著昔日詩篇。

「我愛妳。」
碰。第一句撞擊，有你的堅定。
「妳跟其他女人不一樣，是能反覆咀嚼的美好。」
碰。第二句撞擊，有你的溫柔。
「妳誤會了，其他女人不過是食物罷了。」
碰。第三句撞擊，有你的熾熱。
碰，碰，碰。

來回碰撞的靈魂，杜撰甜美謊言。

砰。

「為什麼……我真的……只愛妳一個……」

槍響之後，雋永染成鮮紅的詩。

穿上衣服後，我把牠的頭顱砍下來放在袋中，空空的洞再次被填滿，但還有空間。

外頭的月光正美，今夜還有許多時間。

我拿出瓶中信，搜尋著下一個獵物，繼續譜寫我和你的詩篇。

「好棒的夜晚。」

我握緊床下藏好的獵槍。

「妳舒服嗎？總覺得妳有點心不在焉？」

欲望被月光拉長身影。

「再來一次嗎？」
砰。
「怎麼會……啊……」
砰，砰，砰。
又一次鮮紅的月色。

「今晚有幾隻狼上鉤呢？」
瓶中信，捎來魔女的消息。
我把新鮮的狼頭，與其他頭顱一起放置在木架上。
「別忘了，三隻狼只能重溫一次當時與牠的回憶哦。」
而我的愛，每一句都放錯了位置。

10

勤勞的大餐

在結局到來之前
你有權選擇
成為最美味的大餐

——《三隻小豬》豬二哥

被豢養的豬

大哥自從繼承父親的房子後，變得越來越懶惰。

「既然有地方住了，那就沒有必要那麼努力啦。」

他除了偶爾會來我們三兄弟共有的果園找食物，幾乎足不出戶。

父親的房子是用稻草做成的矮房，因多年風吹日晒變得些許殘破，但對生活品質要求不高的大哥來說已經足夠，更何況稻草房在靠近果園及運輸道路的中樞上，是農場裡最便利的地方。

大哥嫌棄我和小弟占據他的私人空間，因此把我們趕出房子，我們失去了居住地，只能借住在雞舍，每天都得看雞群的臉色。

不過父親也不是沒有留東西給我和小弟。我拿到能蓋成房子的木材原料和建造工具；小弟則獲得一把能砌磚的鏟子。

起初我並不諒解父親，為什麼大哥可以不勞而獲，我和小弟還得靠努力才能擁有自己的房子？

「不會生氣啊，我想父親一定是別有用心，我們不像大哥資質駑鈍，而是可以開創自己的未來。」

小弟從搬進雞舍第一天起，每天早出晚歸，在農場裡四處蒐集能蓋房的磚頭，在他的激勵下，我才勉強接受現況，開始緩慢地搭建木屋。

「凹嗚——」

近來農場的夜裡，常聽到不遠處的狼嚎。

狹小的雞舍裡，我靠在小弟旁邊不自主地發抖。

「小弟，有聽到農場外的狼嚎嗎？雞舍不堅固，好害怕牠會跑進來。」

「二哥，別擔心，我準備要開始蓋房子了，你那邊如果需要幫忙，我也會協助你的。」

小弟生性勤勞踏實，但父親在世時並不喜歡他的個性，只因父親認為既然身為豬就要保持惰性，這才是符合天性。大哥很早就決定躺平，當一隻無憂無慮的豬，而我則是夾在勤奮的小弟及怠惰的大哥之間，導致我現在的優柔寡斷。

隔天早上，小弟加緊腳步開始用水泥砌磚塊，而我也著手拆解、重組木材並規劃房子的架構，幾週後房子的雛形便逐漸完成。

「這樣就好了！二哥！恭喜我們都有自己的房子了。」汗流浹背的小弟把木屋的門固定好，房子終於大功完成，他對我露出了滿足的笑容，多虧有他，我才能順利地蓋好房子。

但我還是感到莫名不安。

這段期間，大哥曾經來到我們的施工現場，質疑這些努力並沒有意義。

「你們幹麼這麼做呢？在農場裡又不怕沒地方住，也有吃不完的食物，真是太浪費力氣了。」

「大哥，這麼做是為了更好的生活，而且最近有狼群在農場附近出沒，蓋房子讓我們強身健體，也有可以防禦的地方。」

「你忘記爸爸說過的話嗎？野狼不吃懶惰的豬，你們才要小心。」

爸爸過往確實說過，野狼對於懶惰沒有生氣的獵物提不起勁，牠們往往只吃會反抗、能征服的對象。

「二哥，你還好嗎？在想什麼？」

「沒事……只是在想有房子後，就可以不用提心吊膽了。」

「這是當然，那我也準備回去，還要好好布置我的房子。」

小弟踏著雀躍的腳步離去，看著他結實的體態背影，讓我不停地想著大哥和父親說過的話，並產生更多的疑惑。

努力去蓋房，擁有自己的房子，對豬來說有那麼重要嗎？

勤勞的豬為什麼會被當作異類？難道在這個富足的農場中，懶惰不作為才是生存的真理嗎？

那我們存在的意義是什麼？

這些疑惑困擾我好久，而當終於有解答時，農場裡的豬也只剩我一頭了。

小弟在蓋好房子後不久，就被入侵的野狼吃掉了，野狼輕而易舉地摧毀看似堅固的磚房。野狼將小弟吃得乾淨，只剩骨頭的身軀無法得知小弟曾經有多壯碩結實，如同幾個月後被農場主人做成烤豬的大哥一樣，吃剩的骨頭也無法分辨大哥生前有多肥胖。

我耳邊傳來陣陣磨刀聲，肉販稍後也將把我大卸八塊。

爸爸，我終於知道你的意思了。

勤勞也好、懶惰也好，你沒有偏心，你只是希望我們活著的時候，依照個性給予我們擁有選擇權的假象。

但不管我們做出什麼決定，都不能改變最後的結局。

因為身在沒有決定權的農場，我們始終都是被豢養的豬。

11 平凡的欲望

藏起金髮
灌溉平凡欲望
在恰到好處時盛開

——《三隻熊的故事》金髮之物

剛剛好的生存之道

不知道走了多久，我的雙腳越來越疲憊，也快餓得無法動彈。冷風呼嘯，我拉緊斗篷，好好地梳理頭髮，包在頭巾裡。

精疲力盡時，一股可口的香氣飄來，我循著味道來到某棟木屋前。或許這裡，有我要找的東西。

木屋的門鎖輕易地就能撬開，推開門後，我小心翼翼查看屋內，裡頭空蕩蕩的。

那股香味瀰漫在四周，我繼續朝香味走去，來到一張桌子前，桌上有三個裝著粥的碗。不是我要找的東西，但耐不住飢餓，我還是挑了其中一碗溫度較適宜的，開始大口大口地吃下肚。

粥裡有肉，吃不出來是什麼，也不是我喜歡的口感，一下子的功夫，碗公已經見底。

吃飽後，我的腳依舊痠痛，屋內有三張大小不一的沙發椅，中型尺寸的那張最適合我。

稍作休息，腳舒緩不少，窗外冷風颳起，伴著呼嘯聲，睡意逐漸襲來。

我走到寢室，寢室中同樣有三張不同大小的床，我依舊選了尺寸最適中的那張床。上床後蓋起棉被，身體更加暖和，連斗篷和頭巾都沒脫下，我很快地進入夢鄉，並夢見了媽媽。

「寶貝，請盡量平凡，如果太受人們注目反而會招來危險。」

躺在媽媽溫暖懷中的我疑惑地問道：

「所以不用太努力嗎？」

「要恰到好處地努力和做選擇，不受注目，也不落於最後。」

媽媽撫弄我的長髮，溫柔地說：

「寶貝美麗的金髮注定讓追逐平凡的旅程不輕鬆，所以請好好藏著。」

「平凡」二字從孩提時便深深地刻在我腦海中，恰到好處是最正確的選擇。

「媽媽，那什麼時候才能露出我的長髮？」

「誰闖進來了！」

寢室外傳來聲音，打斷我的夢。

地板開始晃動，那是巨獸才有的腳步聲，我趕緊從床上離開，悄悄地躲在床鋪底下。

「有人偷吃我們的粥！」

一個粗狂聲音說，牠的腳步充滿力道。

「媽媽，你的椅子有溫度，入侵者還在屋子裡！」

顯得慌張的聲音較為稚嫩。

「寶貝，你先不要進來房間，在外面等我們。」

另一個溫柔嗓音，踩著穩健腳步逼近。

我有預感，等等就能找到想要的東西。

他們是三隻熊，我躲在床底下觀察著。

熊媽媽在寢室裡嗅起鼻子，而熊爸爸則是步履蹣跚地跟在熊媽媽後面，熊爸爸的身體包著繃帶，沒有什麼精神，或許是中了獵人的槍傷。

原本認為對付兩隻熊可能沒勝算，但如果是目前的狀況，就不必擔心了。

我決定不再躲藏，現身在他們面前。

「寶貝，快離開房子！」

熊媽媽大聲地呼喊著寢室外的熊寶寶，她的模樣讓我再次想起我的母親。

「媽媽，那什麼時候才能露出我的長髮？」

「我的寶貝，當你覺得有勝算，而且周遭沒有人類，就可以露出來。」

媽媽，我一直都有聽你的忠告，所以我才能不斷地生存下來。

我將斗篷和頭巾脫下來，讓身體可以更加自在地活動，並展示象徵我族勇猛力量的蓬鬆金色長髮，也是因為這襲讓獵人痴迷的長髮，我才會失去展現力量的自由。

「可惡的獅子，你是怎麼闖進來的？警告你快點離開！」

這個冬天，不怕沒有足夠的食物過冬了。

哭泣的熊寶寶別擔心，因為我只會帶走你們其中一個，你的媽媽最恰到好處呢。

12 自由意志

意志吹落
敵不過自由光芒
兩者都是錯覺

——《北風與太陽》太陽

被支配的我們

近來，我與即將卸任的人類天神面談，祂提到下世紀的天神將由我和北風來爭奪，我們在舊世紀的表現勢均力敵，所以會透過競賽決定最後贏家。

「太陽和北風，聽好了，誰只要讓今天第一位路過聖母橋的旅人，脫下最多衣服，就能成為下個千年的人類天神。」

「成為人類的天神後就能獲得更多的榮耀，對嗎？」

北風搶先我發問。

「是的，希望祢們能努力爭取。」

貴為照亮萬物的光明之神，我會盡力去爭取這份榮耀。

畢竟累積足夠的榮耀，有朝一日我就有機會被更多人類信仰，成為史上最受推崇的神。

來到聖母橋後，很快就走來第一位旅人，旅人穿著一件防風大衣，並纏著頭巾，是位身材高大的青年。
競賽正式開始，北風率先上場。
北風自信地吹起冷風，冷風在荒蕪的聖母橋周圍颳起，霧茫茫塵土飛揚，旅人在橋間停了下來，但緊緊地抓住大衣。
「看來風勢還不夠。」
北風加大風勢，呼嘯的風幻化成荒漠上奔跑的野狼，迅速地把旅人身上的大衣奪走，隨後大衣連同旅人的頭巾，在風中如同舞者般盤旋，直到北風停止吹氣，才緩慢地從空中飄落在橋上。
被風吹傻的旅人愣了一些時間，才終於回神過來，隨後撿起衣物，再次穿戴在身上。
「面對這麼壯碩的人類，能扯下兩件衣物很不錯呢。」
旁觀的天神說。
北風得意地看著我，彷彿勝券在握的樣子。不過應對這樣的狀況，我可是更有把握。

旅人繼續過橋，我全力綻放光芒，不到一會兒的時間，橋邊的空間因對流旺盛，逐漸模糊起來。

炎炎氣溫讓旅人頻頻擦汗，他將頭巾率先脫下，我則抓緊機會，增強發光。面對無法抗拒的熾熱，旅人開始一件件卸去身上的衣物，最後只剩內褲，他喘著氣過了橋，比賽結束。

「恭喜祢獲勝，我輸得心服口服。」

北風低下頭，祝賀我的勝利。

「那麼太陽，祢就是新世紀的人類天神。」

天神立即將祂的神位傳給我。我，太陽神，在接下來的千年，將獲得更多受尊崇的榮耀。

將近千年後的某日，我化身成人類，和另一位神祇置身於人類世界中。

「根據氣象預報，明日高溫將達三十七度，請外出的民眾注意防晒。」

我們站在城市大樓的十字路口中央，仰頭看著大螢幕中，外貌姣好的人類女性播報氣象。

如今越來越多的人類已經不相信神祇的存在，無論身上衣物穿得多或少，意志變得難以操控。再過不久，我將卸任新世紀的人類天神，我有些感慨，自以為能成為最被推崇的神。

「新世紀的人類以為擁有更多的自主權和選擇，我們與其被崇拜，不如讓他們活在打造出來的美好框架中，再一點點地侵蝕，最終完全支配。」

我身旁的神祇說。

「嗯，再過不久都由祢決定，但祢希望人類怎麼稱呼祢呢？」

「請搜尋○○新聞網的社群專頁，我們有更即時的新聞提供給您，本節目由△△氣泡水贊助播出。」

祂看了一眼螢幕上的人類主播後，微笑說：

「奴役之神。」

13 春天的蟋蟀

你好懶惰蟲
明天不相見
慶祝美好的今天

——《螞蟻和蟋蟀》螞蟻

為自己好好活一次

「懶惰的蟲子，活不過冬天。」

工蟻長老告誡剛踏上崗位的我們。

在日復一日的辛勞中，我務實地為蟻后和部落的子民蒐集食物，存在的意義是什麼？我從來都沒有去思考過，又或者說，存在對於工蟻來說是一個整體的概念，我是誰似乎一點都不重要。

我以為我會如同大多的工蟻般，忙碌地度過一生，直到某個平凡無奇的夏日，我們在森林搬運蝴蝶屍體時，遭遇了麻雀的襲擊，除了我的工蟻都陣亡了，我成為唯一的倖存者。但因為身體沾染到雀群羽毛的氣味，部落將我逐出蟻窩，我失去了可以依靠的群體。

就這樣毫無目的地流浪許久，在盛夏時分，我與那隻教會我「存在意義」的蟲子相遇了。

「小蟻，每次想到還是覺得你真特別，獨行的螞蟻。」
蟋蟀和我趴在樹皮上吸吮著滲出的蜜汁。
「我想回到部落，但我已經找不回原本身上的味道。」
「味道？你有啊，你的味道就像舊木材，很好聞。」
「每個螞蟻部落都有專屬的獨特氣味，同部落的螞蟻都有相同氣味，要是失去了就無法回家。」
「每隻蟲子都一樣多無聊啊，不說了，等等吃飽，我們要去哪裡玩？」
蟋蟀總是這樣無憂無慮，我在幾週前遇到牠，牠友善地把肉丸子分給飢餓的我，從那之後我就和牠在森林中四處遊蕩。
我曾質疑這樣的生活態度會活不過冬天，但蟋蟀不當一回事地反駁：
「懶惰的蟲子？就算活不過冬天又如何，活著不就是要好好享受清晨葉片下甜美的露水，大口呼吸紫羅蘭發出的芬芳，品嘗齒上留香的甘草，不為自己而活才是怠惰生命的作為。」
蟋蟀的想法顛覆了身為螞蟻的我，一直以來，我的存在都是為了蟻后和整個部落，但自從遭遇雀群、被逐出部落後，我才明白，自己是如此地微不足道，就算沒有我，部落依舊存在。

所以，我想試著相信蟋蟀的話，就算活不過這個冬天，也要好好為自己活一次。

穿梭在寬敞無際的森林中，聽著蟋蟀和夏蟬在每個晨昏一同唱著悅耳的歌，目睹楓葉逐漸褪紅，隨著蟬的屍體墜落。

為自己而活的自由時光裡，每一天的悲喜都變得有意義，新生及死亡對我不再只是攸關蟻窩存亡冷冰冰的數字。

就在迎接冬天前，氣溫急遽下降的那天，和我躲在樹洞裡的蟋蟀說了一件我不曾知道的事。

「小蟻，記得你說過『懶惰的蟲子，活不過冬天』。這句話只對了一半，我們蟋蟀一族的壽命活不過兩個季節，我在夏天誕生，所以注定活不過這個冬天。我很開心能和你相遇，我的存在能成為你旅程中記住的氣味之一。我時間不多了，希望等我死後，你能將我的屍體保存起來，成為你過冬時的食物，這樣我就能做為你的一部分，陪你繼續活下去。」

蟋蟀說完後，便開始唱起歌，唱完後不久便帶著笑容死在原地。

靠著蟋蟀的屍體充飢，我順利度過冬天活了下來。

從樹洞走出來，春日回暖的陽光照耀在整片森林中，遠遠地可以聽見麻雀四處徘徊、尋找獵物的叫聲，也可以看到辛勤的工蟻搬運著熬不過冬季的動物屍體，準備運回蟻窩之中。

世界不因誰的生死，而停止運轉。

我是一隻獨自生活的螞蟻，或許活不過明天，但現在我要唱著老友蟋蟀常哼的歌，慶祝美好的今天。

14 不想贏的兔子

套上繩索
放手廉價勝利
成為被記得的輸家

——《龜兔賽跑》烏龜

勝負背後的真相

「我一點都不想贏。」

比賽開始前，賽道旁的兔子先生在我耳邊說。

起點線槍鳴一響，兔子先生快步向前，把我和鼓譟的加油群眾甩在身後。

烏龜和兔子的賽跑，一點懸念都沒有。明知道比賽會輸，為何還要奔跑呢？

「因為肉食動物們喜歡看，只要討牠們開心，牠們就會減少吃掉我們的數量，所以勝負一點都不重要，你只管完成比賽就好。」

烏龜長老如此說。

每年的龜兔賽跑，烏龜一族將先進行內部預賽，各自依照比賽結果，派出速度快的烏龜和速度最慢的兔子參賽。

烏龜一族從舉辦比賽以來就沒有贏過，沒有動物認為烏龜會贏，輸家的標籤始終貼在我們身上。好勝且傲慢的兔子不曾放水，並享受著絕對優勢，在比賽途中想盡辦法來嘲笑輸家，這也是賽事的看點之一。

儘管我是所有烏龜中最優秀的，依舊得被羞辱，這讓我感到十分沮喪。但這次參加比賽的兔子先生卻說出了他不想贏的話？這會是一種戲弄我的把戲嗎？

比賽已經開始一段時間，向前的腳步越來越沉重，好幾次我都想停下來休息，不過該死的自尊心不讓我這麼做。

兔子先生雖然說不想贏，可是應該早就抵達終點了。

我氣喘吁吁地跑到森林邊界，準備邁向最後一段賽道，就在要離開森林前，一幕驚悚的景象映入眼簾。

高聳的大樹枝幹上，垂吊著一具屍體——是兔子先生。

繞圈的繩索套在兔子先生脖子上，牠的雙眼瞪大，口吐白沫，樹下有一灘排泄物。

面對此景，我嚇得停止奔跑，並躲進龜殼中。該不會有獵人？兔子先生被殺了？恐懼的情緒如同繩索般盤繞，我花上不少時間冷靜和梳理思緒，為了完成比賽，我終究從龜殼中出來。

我靠近屍體上吊的樹木，鼓起勇氣查看，只見樹皮上刻著一段話：

「注定要贏的比賽對兔子沒有意義，讓烏龜贏一次，我將永遠被記得。」

「本年度的龜兔賽跑，是歷史上第一次由烏龜獲勝，讓我們為獲勝者獻上最熱烈的掌聲。」

賽後獲勝者的頒獎舞台，競賽主席獅子先生把冠軍桂冠戴在我頭上。

烏龜一族洋溢著驕傲的神情，我理當要開心，但看著動物群眾不在乎兔子先生死訊的歡騰，以及兔子一族對著兔子先生的屍體責難讓家族蒙羞的光景，我無法感到一絲喜悅。這次烏龜的勝利不過只是一次意外，烏龜在賽場上的成就依舊無法贏過兔子。

「感謝各位肉食動物的蒞臨，敬請期待下個年度的龜兔賽跑，貢品們將會繼續在賽場上奮鬥。」

而弱者之間的勝負，不過只是支配森林資源，那些肉食動物的遊戲罷了。

15 不幸福的天鵝

無法成為天鵝的鴨子
假裝拍動翅膀
在天空溺斃

——《醜小鴨》醜小鴨

誰值得幸福？

「這隻鴨子好醜。」

你們可能會這樣想，怎麼會是我來致詞？兄弟姐妹之中，明明有更好的選擇不是嗎？

不過沒關係，我早就習慣被說醜，畢竟大家叫我醜小鴨嘛。

黯淡無光的灰色羽毛，一張口就不優雅的大嘴，以及一雙走起路來搖搖晃晃的大腳丫。美麗是最與我無關的詞彙，儘管如此，我還是希望找到自己的價值，然後證明外表其實沒有那麼重要。

好像有些離題了，但請大家放輕鬆，辛苦各位奔波來參加我母親的喪禮，接下來就好好聆聽我訴說她的故事吧，要是覺得看著我不舒服，你們可以閉著眼睛聽。

「醜小鴨，你讓我好丟臉，你父親會離開我，就是懷疑我跟其他醜鴨子亂來，是你毀了我的生活。」

我的母親時常這樣說，她甚至懷疑我是其他鴨子棄養在她巢裡的蛋，因為其他跟我一起孵化的兄弟姐妹，都長得像母親般端正好看，唯獨我如同異類般的醜陋。

因為如此，我從小就懂得察言觀色，努力成為一隻「好鴨子」。不靠母親就能整理好自己的羽毛，勤奮打掃鴨寮，使環境整潔乾淨，不會吵著要吃飼料或爭食，抓到小蟲或池塘裡的魚，主動分享給兄弟姐妹。

「你別以為討好我，你就能彌補我失去的尊嚴和幸福。」

母親仍然沒有認同我，我只好加倍努力，讓沉於湖中的尊嚴有朝一日能浮出水面。也或許是想反駁她，我不允許自己無法幸福，才會那麼卑微地活著。

日子一天天過去，隨著兄弟姐妹們離巢，帶著自信去追尋想要的生活，而最被討厭的孩子，我竟然成為逐漸失能的年邁母親，唯一能依靠的對象。

「你長得好醜，真是可憐。」

開始認不出我的母親，對我的厭惡轉變成同情。

「如果我是你母親，知道你長大後還是那麼醜，我會在你出生時就把你掐死。」

母親也藉此說出真心話，但我這一生又何嘗不是這樣，自溺於不被愛的生活中。可我是隻鴨子，我並不會沉於湖底，只能出於本能地踢著水，在無法飛翔和溺斃之間掙扎。

她可能不知道，直到現在，我還是渴望她能肯定我一次，然後說她愛我。

嘿，母親，如果你認同我，你現在就叫個一聲，讓我知道。

不，叔叔你叫沒有用，你沒有決定權，但還是謝謝你出聲。

沒聲音嗎？

那我就繼續說。

在鴨族中，流傳一個美好的故事：

「渴望被認同的醜小鴨，經歷成長的困惑和磨練，最終發現自己是天鵝的孩子，長大後成為美麗的天鵝，並獲得了幸福。」

這個故事曾經成為支持我走下去的動力，但如今我長大了，我依舊是隻醜鴨子，並沒有成為天鵝。

那我有獲得幸福嗎？

母親，你覺得呢？如果有的話你就叫一聲。

叔叔，謝謝你再次為我發聲，但決定權依然只在我母親身上。

沒有回應啊，那我明白了。

我不值得獲得幸福。

唉呀，我又離題了，今天是我母親的喪禮，主角是她才對。

不過大家也不用替我擔心，因為這次喪禮讓我知道，還是有人認為我值得獲得幸福，所以我的努力並沒有白費，我……

哦，叔叔你是想提醒我致詞時間到了嗎？剛才發出聲音也是因為這樣嗎？

那我的致詞到此結束，謝謝各位天鵝家人來參加我母親——美人天鵝的喪禮，並允許讓身為鴨子的我獻上悼詞，再次感謝大家。

第二章

愛恨城堡

16 別愛上青蛙

別說愛我
被妳占有
是最醜陋的詛咒

——《青蛙王子》青蛙王子

真愛之吻的枷鎖

自從幫公主從井裡撿起金球，在冬天來臨前，我就搬進了皇宮。

「抱歉，我還沒辦法和你同床共眠。」

公主雖然遵守承諾讓我與她一起生活，共飲共食，卻拒絕我上她的床。我不奢望她會愛我，但要是沒辦法更親密，我就無法變回原本的模樣。

很久以前，我曾是位王子，並擁有人人稱羨的好看外表，卻因為政治因素被迫入贅到鄰國，成為該國女王的夫婿，這個決定讓我和論及婚嫁的愛人分開。無法諒解的愛人認為我是因女王的美貌而背叛她，她找到女巫幫忙，傾盡所有來交換某種魔法藥水，喝下藥水就會讓所愛之人變成青蛙。

某天醒來後，我變成了青蛙，而我身邊躺著已經沒有生命氣息的愛人。

她留下一封信和藥水空瓶，信中控訴我的背叛，並提到關於藥水的事情，但她也說出能破解詛咒的方法，要是有美麗的女人願意和我交歡，我就可以回復原狀。

藥水的瓶罐標籤寫著破除詛咒的方法：「找到另一個愛你的人，就……」後面的字是什麼，已經模糊不清了。

不過這段話與愛人信中提到的解咒方式相呼應，於是我尋求女王的協助，但她再怎麼樣都不願意和一隻青蛙共眠，到後來甚至嫌我噁心，把我趕出她的王國。

我其實不怪從前的愛人，因為對她懷有愧疚。而我會變成青蛙，代表她還愛著我，只是那份占有慾侵蝕了她。

輾轉流浪一段時間後，我萬念俱灰，沒有任何女人願意相信我曾是英俊的王子，更別說同床而眠。

直到前陣子，我在森林遇見了金球落到井中的公主，一切才出現轉機。

「我討厭自己的模樣，所以才會答應你的請求，和我住在一起，看見你真實的醜陋，讓我感到安心。」

公主在成年前的生日晚會途中，和我偷溜出來在庭院散步，藉著酒意說出她收留我的真相。她說話時不再像先前那樣呼出白霜的氣，天氣逐漸回暖。

「公主殿下，妳如此美麗，怎麼會不喜歡自己的模樣呢？」

我站在她的肩膀上回應。

「因為美麗是一種枷鎖，讓我不自由，父王把我的美麗當作是一種籌碼，準備將我許配給殘暴的敵國國王，嫁給他的女人不會有好下場……」

「我有辦法拯救妳，我其實是王子，因為詛咒才變成青蛙，如果我變回王子，就能向妳父王提親、娶妳為妻，同樣是王族，他會答應的。」

她原本哭喪的神情變得稍有精神，問道：

「那我該怎麼做才能讓你變回青蛙？」

我有預感，今晚就能破除詛咒，春天終將到來。

「這麼做，就能見到真正的你嗎？」

公主用手掌捧著我，她坐在床上，穿著輕薄睡衣，肌膚與窗外照進來的月光一樣潔白。
「會的，今晚過後我們將邁向美好的未來。」
「不過，要是你找回好看的模樣，會不會覺得我配不上你？」
「別擔心，無論今夜或未來——」
我靠向她微微顫抖、如玫瑰般鮮紅的雙唇。
「——我都會好好愛妳。」
「我也愛你。」
她吻向我，我有多久沒有感受到柔軟的唇了？
等到黎明來臨，黏膩醜陋的身軀將褪下，成為花朵初綻的養分，再次找回光輝。

窗邊鳥鳴叫醒我，公主還在被窩裡。
我伸起懶腰，準備迎接重新找回的……
怎麼回事？我的手腳怎麼還是……青蛙？

我從床上離開，跳到梳妝桌的鏡子前，查看自己的模樣。

不可能，我不是和她交歡了？詛咒應該要解除才對。

「你醒啦，我還有點睏呢。」

公主喚了我，隨後從棉被中走出，卻不見人影，因為她——

「咦？我的身體……」

她變成一隻青蛙。

公主來到我身旁，同樣對著鏡子不敢置信地查看自己的身體。

「公主殿下，妳昨晚說愛我是真心的嗎？」

我慌張地問道。

「嗯，雖然跟預想的不一樣，但變成青蛙也不錯，這樣就能和你一樣自由地活著了。」

我感到絕望，癱軟在地，變成青蛙的公主則不明所以地看著我。

我想起藥水瓶罐上的那段話。

「找到另一個愛你的人，就……」

事到如今，我才明白標籤後面那段話或許是：「就能雙雙成為青蛙，永浴愛河。」

過往愛人輕蔑的笑顏出現在我腦海中，她彷彿呢喃著，我曾經的容貌只歸她所有。

「你不也愛我嗎？」

醜陋的青蛙公主打斷我的思緒。

「相愛的人無論是什麼模樣，都沒關係不是嗎？」

面對她的詢問，片刻我無法言語。

寒冬快結束了，但我冀望的日子，將永遠不會到來。

17

眼裡的裂縫

不同時空的我們
重複破碎
留下裂縫

——《白雪皇后》格爾達

用破碎拼成的愛

一年前，白雪皇后打破了魔鏡，邪惡的碎片四散在世界各地。其中一片掉進了加伊的眼中，讓他因此性情大變，成為一位冷酷、沒有情感的人。

我花費好大的力氣才找到白雪皇后來破除詛咒，但加伊仍然無法變回從前溫柔的樣子，精神也一天天耗弱下去。

角落的鏡子被加伊用蘋果砸破，地上散落無數碎片，映照出我與他的交錯倒影。

加伊看似回復成從前的樣子，但一部分的心也跟著碎了。

他不再像過往那樣，看到美麗的花盛開，或為了一口熱湯就能綻放笑容，時常情緒失控，被憤怒及悲傷占據。

我清掃完碎片，情緒稍微平復的加伊說：

「格爾達，謝謝每一個妳為我所做的一切。」

雖然不能理解「每一個妳」是什麼意思，他的悲傷閃爍在雙眸，揮之不去，成為新的詛咒。

經過一段時日的輾轉難眠，我決定再次前往冰雪皇宮。

「加伊之前眼中的碎片鑿出一個裂縫，裂縫中有不同選擇下產生的時空，千萬種情緒襲來，他因此感受到混沌和混亂。」

白雪皇后如此說。她把殘存的魔鏡碎片拿出來，告訴我只要把碎片放回加伊眼中，堵住裂縫，就能阻止時空錯亂。

邪惡的碎片曾讓加伊失去自我，讓周遭的人痛苦，可是放任不管，加伊就會無止境地被錯亂的時空折磨。

我陷入兩難，無所適從。

「還有另一個方法，不過代價很高。」

白雪皇后再次開口。

「只要能拯救加伊，我什麼都願意做。」

可能是因為冰雪皇宮寒冷，又或者是接下來的選擇難以承受，我的身體開始顫抖。

「穿過這道門，你就可以……」

我靜靜地聽完白雪皇后的言語，暗自下定決心。

加伊把一口熱湯放到我的嘴裡，感受到各個時空的滋味從口中化開，其中有加伊被杯子碎片割傷的血腥味、熱湯變成花茶的清香、屋內著火焚燒的焦味……數以萬計悲喜交加的情緒，從裂縫之中湧出。

我不後悔當時在冰雪皇宮做的選擇。因為無論在哪個時空，都能感覺到每一位加伊為我做的努力，就像過去我所做的那樣。

「你只要穿越時空之門，回到過去，就能取代加伊，讓魔鏡碎片掉到你的眼中。」

來自不同時空的情緒和記憶再次攪和在一起，形成某種記憶風暴，我感到痛苦並難以壓抑情緒，便把桌上的蘋果拿起，朝屋內角落的鏡子砸去。

碎裂的聲音讓裂縫的時空擾動暫時停止，等到我平靜下來，加伊正在清理地上的鏡子碎片。

「加伊，謝謝每一個你為我所做的一切。」

我自責地回應，但不小心把「你」說成「每一個你」。我還沒跟他說有關時空錯亂的事情，不想讓他再次為我奔波煩惱。

畚箕中破掉的鏡面碎片交錯在一起，產生無數加伊和我的倒影，讓人分不清到底是從哪裡開始，又是在哪裡結束。

即便擁有魔法，也找不出最好的結局，但每個破碎的選擇，卻能拼湊出完整的愛。

18

扔掉的玻璃鞋

扔掉玻璃鞋
不用南瓜馬車
也有奔跑的自由

——《灰姑娘》仙杜瑞拉

選擇自己的路

「妳穿得那麼美，是為了我嗎？」

舞會上，王子在人群中注意到我。

「能和我跳舞，是妳的榮幸。」

他看似紳士般地牽起我的手，手指卻隨著舞步，在我身上一廂情願地彈奏他想要的節奏。

「妳的腳真好看。」

他色瞇瞇地盯著神仙教母送我的玻璃鞋，材質堅硬的玻璃鞋卻磨得腳跟隱隱作痛。

我不後悔來到舞會，因為能暫時逃離如牢籠的家，擁有短暫的自由，就令人欣喜了。

午夜即將到來。

「我得走了。」
我放開王子的手，準備在魔法消失前離開舞會。
「我還沒跳夠，妳不准走。」
我沒有理會王子的請求，匆匆地跑離，卻在入口階梯處踉蹌地拐到腳，其中一隻玻璃鞋因而掉落。沒有時間撿鞋子了，我頭也不回地坐上門口的南瓜馬車，由老鼠變成的車夫快馬加鞭地吆喝，及時趕在一切回復原狀前，回到家中。
褪去午夜夢迴的魔法，衣著再度沾滿骯髒灰塵。

不久後，王子在全國發布消息，希望能找到遺失玻璃鞋的主人。要是有女人能完美穿上玻璃鞋，王子將納她為妻。
後母和兩位姐姐聽聞此消息，便開始打聽各種小道消息，並謀劃如何穿上鞋子。
「仙杜瑞拉，之後等我的女兒當上王妃，會把妳一同帶進皇宮服侍我們，但下賤的人到哪裡都一樣，這點可是不會變的。」

自從父親死後，後母絲毫不把我當人看，兩位沒有血緣關係的姐姐也成為共犯欺壓著我。

她們卻不知道，即使玻璃鞋是我的，我一點都不嚮往皇宮的生活。

「請試穿。」

皇宮的士兵來到家中，為姐姐們的右腳套上玻璃鞋。

「什麼？你說光是穿進去是不夠的，還要完全合腳才行？但我明明穿進去了啊……」

硬把腳塞進鞋子中的二姐面露痛苦。

「怎麼會？我已經有努力瘦身了，為什麼還是穿不下？」

大姐如此說。

「旁邊那位，換妳來試試。」

士兵看了在角落打掃的我一眼後說。

雖然不情願，但迫於命令，我不得不穿上那隻屬於我的鞋子。

「妳就是鞋子的主人！」

眾人們發出驚呼。

「一定是哪裡搞錯了，這賤女人怎麼可能有這雙鞋子！」

後母不停地向士兵解釋我多麼卑賤，這雙鞋子不可能屬於我。姐姐們則是失落地癱坐在地，而我其實比任何人都還要沮喪。

「妳說不想嫁給我？太荒謬了，誰不想變成受注目的王妃？不嫁給我的話，妳就別想走出這裡。」

士兵強制帶我進城後，我因為拒絕和王子成親，而被押入大牢，王子下令要是我仍堅持己見，就將執行死刑，以示威信。

在暗不見光的牢房中過了好幾天，我的右腳被牢牢地綁著玻璃鞋，壓迫得令人難受，身心俱疲。

而神仙教母在執行死刑當日的午夜，再次出現。

「嗨，親愛的，妳不想成為王妃嗎？」

「成為王妃的話，我將失去自由，而且我無法跟不愛的人廝守一輩子。」
「能擁有人人羨慕的地位，愛不愛還重要嗎？」
「我很感謝妳的幫忙，但我不想被任何人擺布。」
「我的天責是要協助王子找到王妃，好不容易有機會可以麻雀變鳳凰，要是妳無法接受，那我也愛莫能助，妳真傻。」
神仙教母嘆了口氣，隨後消失不見，牢裡再次回復黑暗。
隔日，我被士兵們帶到處刑台前。處刑台的四周圍繞著群眾，包括我的後母和姐姐們。
「不知好歹的傢伙，竟然不想嫁給王子。」
「我猜玻璃鞋是她偷的，所以才會被處刑。」
「也好，這種下賤的傢伙沒有資格進入皇室。」
群眾咒罵著我，但我的心卻異常地平靜。
「妳最後有什麼請求嗎？」

行刑的士兵詢問我，登上斷頭台前還有一小段路，於是我這樣回答：
「讓我好好走完最後的路，幫我把玻璃鞋拿掉好嗎？」
士兵點點頭，接著用斧頭將原本緊緊套在我右腳上的玻璃鞋打碎，眾人因此發出驚呼。
我赤著腳，踩過碎裂的玻璃，玻璃刺進腳掌，鮮血汩汩流出，但每一步都讓人感受到自由。人們自以為是地為我決定鞋子的尺寸，希望我成為他們想要的，或是不想要的樣子。
而接下來的每一步，都由我自己決定。

19

撿起的玻璃鞋

撿起玻璃鞋
放不進自尊
削掉就合腳

——《灰姑娘》安泰西亞

受人注目的舞台

「玻璃鞋的事，我勸妳不要抱有太多期待，妳先照照鏡子，提醒一下自己好了。」

大姐得知我也想試穿玻璃鞋後，晚餐時刻便不斷地嘲諷著我。

「讓妹妹試穿鞋子才能凸顯妳的美麗啊。妳說是吧？安泰西亞。」

母親將餐桌上的牛排切好，把較大分量的牛排肉放到大姐的餐盤上，而我則分到較小的那塊。

我知道比起要準備餐點並善後的仙杜瑞拉，我已經相當幸福，可是我仍然感到失落，希望獲得母親更多的認同。

「安泰西亞有個塌鼻子，風一吹，鼻子就垮下來！」

我在很小的時候就知道自己不好看。

因為大姐和其他同齡的孩子，從小就喜歡嘲笑我的長相。

「妳怎麼哭啦？傻孩子，姐姐她們也只是說實話啊。」

當我被取笑，母親並不會當作一回事，反而還藉此稱讚大姐：

「安泰西亞，妳要慶幸姐姐很漂亮，可以沾她的光。」

不過，仍有覺得我美的人。

「爸爸知道安泰西亞美的地方，仙杜瑞拉，妳覺得二姐漂亮嗎？」

「漂亮，二姐送我的圖畫很漂亮，二姐唱歌好聽，又愛護小動物。」

被漂亮的仙杜瑞拉這樣稱讚後，反而讓我更加自卑。

等繼父過世，我開始跟著大姐和母親欺負仙杜瑞拉，或許是因為藉由欺負她，我能擁有暫時的控制權，但由忌妒所堆疊起來的惡意，也將我的自卑做成一雙醜鞋。

醜鞋緊緊地套在腳上，我只能在人生舞台下看著大姐娉婷的舞姿，跟著旋律原地踏著舞步，暗自渴望不久的將來，能穿上華麗的玻璃鞋，像她或美麗的王妃那樣受人注目。

「妳就是鞋子的主人。」

等到王子的人馬來到家中試穿玻璃鞋，夢就醒了。

因為穿上玻璃鞋的人，是仙杜瑞拉。

但讓人更意外的是，仙杜瑞拉後來竟然拒絕成為王妃，而被押入獄中。仙杜瑞拉的舉動讓我不解，明明能成為受人注目的王妃，為什麼要拒絕？

直到目睹她在眾人面前被處死，我才終於明白原因，以及自己所渴望的是什麼。

仙杜瑞拉死後，我們在家裡清理著她的遺物，打算整理完後，將可燃燒的物品丟進壁爐裡燒掉。

「仙杜瑞拉那賤人活該，幸好王子沒有連我們都懲罰。」

大姐忿忿地說，將仙杜瑞拉的部分衣物丟進壁爐裡。

「不過，她到底是用什麼妖術才有辦法穿上玻璃鞋啊？」

「妳們還有機會穿上哦。」

從仙杜瑞拉房間走出的母親說，手拿著一隻玻璃鞋。

「我找到她的另外一隻鞋子，妳們要再試試嗎？」

「我不想要了，穿那隻鞋好痛苦，不可能穿得下啦。」

大姐直接拒絕，但我則不假思索地回道：

「我要再試試。」

母親和大姐有些訝異我堅定的態度。

「妳……確定要這麼做嗎？」

母親顫抖地看著我手上那把鋒利的刀，刀面閃閃發亮就像午夜夢迴的魔法。

「就算妳穿得上去，別以為就會被王子看上。」

大姐仍舊擺出平時那副鄙視我的模樣。

她們不知道，我要的並不是美貌或財富。我想要的，是穿著這隻鞋，走上受人注目的舞台。

「哦，能穿上玻璃鞋的安泰西亞，就是我要找的真命天女。」
王子蹲下來打量我左腳上滲出血的玻璃鞋。
「妳有資格成為我的妻子。」
王城裡的眾人發出歡呼聲，我多麼想馬上把這份喜訊告訴大姐還有母親。
「安泰西亞，妳說呢？」
「這是我的榮幸。」
親愛的大姐還有母親，我很期待之後的婚禮舞會上，換我看見妳們忌妒我的那副——窩囊模樣。

20 清醒的人

被愛扎傷後
害怕勇者們知道
我仍然清醒

——《睡美人》睡美人

找回自己的力量

「雖然不能和妳在一起，我們還是可以擁抱親吻，好嗎？」

王子把我從床上抱起，能感受到熾熱，但他的眼神卻充滿空洞。

和王子共度春宵後，渴望的愛沒有回到身邊，他留下一封信，信中提到我拯救了他乾涸的心，但對愛沒有安全感的他，沒有自信能帶給我幸福，因此不告而別。

憤怒的父王下令逮捕王子，我雖想阻止父王，但傷痕累累的我，終日陷入悲傷，身體日漸虛弱。

最終，我被詛咒王國的黑魔女誘騙，在紡織時扎傷手指，陷入昏迷，被帶進一座隔絕人世的魔法森林中。

我困在森林深處的某棟城堡裡，城堡周圍潛伏各種危險的野獸和有毒植物。

黑魔女對世人宣稱，她施下詛咒——公主因為誤觸了裁縫師的毒針，已經陷入永遠的沉睡——我不理解黑魔女為什麼要這麼說，也不明白她後來的舉動。

因為被帶往城堡後不久，我便甦醒了，並沒有陷入永恆的沉睡，反而是由魔法變成的僕人細心地呵護我，讓我生活無虞。

王國的老魔法師則在我被擄走後如此說：

「唯獨有勇氣和毅力的人，才能突破重重難關，抵達城堡，用真愛之吻喚醒公主，與公主一起斬殺黑魔女。」

於是，在父王的重金懸賞及權力誘惑下，王國境內外的各路勇者都來到城堡試著營救我。

「美麗的公主殿下，我來拯救妳了。」

面對突破重重難關、獻出真心的勇者們，我選擇假裝沉睡，即使他們一廂情願地吻了我，我仍不為所動。

「原來……我不是妳的真愛嗎？」

這些愛讓我備感壓力，心中仍有念想，期望我愛的王子也能成為前來拯救我的人。

「怎麼還不醒來呢？」

眾多勇者把美麗的花朵放在我床邊，流連忘返於魔法城堡，唯獨不見王子的身影。花朵簇擁，卻沒有香味。

囚禁我的房間裡有面鏡子，鏡中映照這些拯救者顧影自憐的模樣。

「聽聞人們對妳的描繪，知道妳是多麼善良的公主，我已經愛上妳，會等著妳醒來。」

素昧平生的陌生人，終究只是愛上對我的想像，執著於付出的自我感覺良好。我也開始理解，從前我對王子的執著原來就如同他們一樣，空有其表，扮演著拯救者，把自己的愛看得無比重要，陶醉其中。

而一直保護著我、給我忠告的父王，才是真正在乎我的人，我為過去對他的忤逆感到心痛，同時感受到破碎的心在慢慢地癒合。

「妳準備好離開城堡了嗎？」

當我不再為王子感到心痛後，黑魔女在某個夜裡再次現身。

「嗯，我不用再假裝沉睡了。」

我看向床邊鏡中，充滿生氣的倒影。

「但如果能重新愛人的我離開，然後找到真愛，妳不怕自己如預言般被摧毀嗎？」

黑魔女冷冷一笑，接著擺出戰鬥的姿態說：

「將妳的心找回，我才能接收妳完整的靈魂，獲得更強大的力量。」

語畢，黑魔女射出魔法光束，千鈞一髮之際，我耳邊傳來一個聲音：

「拿起鏡子。」

我立刻拿起床邊的鏡子，鏡子反射魔法，魔法因此打中黑魔女。

黑魔女瞬間灰飛煙滅，她化成的灰燼緩慢地飄落，落在我的掌心和地板碎裂的鏡子玻璃上。

我理當要如釋重負、感到喜悅，卻不禁悲從中來。

「公主的所愛之人將斬殺黑魔女。」

悲傷化作淚水，我在此刻終於明白預言的意義，因為我假裝沉睡的這段日子中，我重新找回了自己，能夠再次愛人，並和我愛上的人——我自己，一同斬殺了黑魔女。

黑魔女的灰燼，有著她曾經的思想和記憶。

原來，黑魔女給予我的並非詛咒，而是在黑夜中才能看見的守護魔法。

灰燼一點一滴落在鋪滿陽光的房間中，即將迎來嶄新的一天。

我擦乾淚水，撿起一片鏡子碎片，隨後對著鏡中的倒影輕輕一吻，我想魔咒此刻才算真正解除。

「早安，親愛的妳。」

21

黑暗之光

當愛變成詛咒
無法在黑夜沉睡
只能成為守護妳的黑暗

——《睡美人》黑魔女

默默守護的愛

「將那位居心不軌的王子活捉回來，必有重賞。」
國王下達懸賞令，要逮捕準備逃出國境的王子。
「王子有自己的苦衷，請饒過他。」
妳的眼神乞求著國王放他自由。
可是自由與愛的陰影裡，藏著鋒利的刀。

「用點心思就讓那個傻公主臣服於我，但國王已察覺到我想奪取王位，幸好我發現得早，否則人頭不保。」
我幻化成一隻貓，來到逃亡的王子身邊，卻偶然聽見他與隨從之間不可告人的談話。
「王子陛下還是有一親芳澤啊，已不虛此行。」
「這倒是，哈哈。」

意識到衣冠楚楚的王子實際上是滿嘴謊言的禽獸後，我立刻變回原形，拿出魔杖，準備給予最嚴厲的懲罰。

「我知道錯了，拜託……饒命……」

我跨過隨從的屍體，來到不停發抖的王子面前，他跪地求饒，可我不打算殺死他，因為死亡對他來說太過廉價。

我施展變形咒將王子變成一面鏡子，打算做為送給公主妳的禮物，只要妳看得清自己，那他的罪惡也將一覽無遺。

「我那麼愛他，他也因為我變好了，相信他會回來找我的。」

但妳依舊執迷於一廂情願的愛，看不見愛已出現裂痕。

當裂痕無法回復原狀，我只能將某種古老的魔法，悄悄地塗在紡織針上。

「我不值得被愛。」

妳被扎傷的當下，我聽見妳的心聲，為此我心疼不已。

將妳帶到魔法森林深處的城堡後，我立刻在周圍施展防禦魔法，不讓人輕易打擾妳。我放出妳被詛咒的消息，希望有人能前往城堡拯救妳，這樣妳就有機會從另一個角度看見，妳真正破碎的原因。那位沒本事的老魔法師推波助瀾地說，妳需要真愛之吻才能甦醒，正巧讓我的計畫更加完善。

妳因為假裝陷入沉睡，反而讓妳擁有更快清醒的機會。妳知道嗎？我也曾經像妳這樣，活在黑夜的夢中。

「國王已死。」

我收起法杖，確認前任國王已嚥下最後一口氣，他雙手立劍支撐著身體，有尊嚴地死去。

「終於等到這天了。」

某位男人從我身後出現，他走向國王屍體，摘下王冠後，喜悅地對我說：

「謝謝妳為我做的一切，拯救我的人生。」

過去，我曾是前途光明的魔法師，且愛著眼前的男人，我運用魔法，協助他奪取想要的東西——權力。

我以為只要滿足他的願望，我們就能幸福地在一起。

「妳問我愛妳嗎？我當然愛妳，不過……我害怕妳的力量。」

然而男人忘恩負義，在征途結束後，對我下藥，並將我推落於魔法森林的深淵中。

那個男人——便是妳的父親，忘恩負義的國王。

國王卻沒有想到，我在深淵中活了下來。我在深淵中遇見了暗黑精靈，並用部分的靈魂做為條件，獲得一本強大的黑魔法書。學習黑魔法書，需要締結契約，付出代價。

「修練者需殺死所愛之人，或是被對方給殺死，否則死後靈魂將墜入永恆地獄。」

我本來就打算殺死國王，於是毫無畏懼地締下契約，卻沒料想到——自己懷孕了。

為了躲避國王的耳目，我在森林隱居，並運用魔法蓋建城堡，打算孩子生下來後，有個安身之處。

不過我和孩子沒有緣分，她出生後不久便夭折而死。我感到痛苦萬分，下定決心要用同樣失去孩子的方法來折磨國王，接著再殺死他。

等到國王的第一個孩子——妳誕生後，計畫如期展開。然而在見到妳後，我卻無法下手，因為妳像極了我的孩子，我只能潛伏在妳身邊，默默地觀察妳。

看妳學會走路，看妳啞啞學語，看妳哭，看妳笑。不知道從何時開始，我竟然會因妳的笑容而感到喜悅，彷彿妳就是我真正的孩子。這種矛盾感讓我迷惘，究竟我對妳的情感是什麼？

直到妳遇到那位人渣王子，而陷入無盡的悲傷，我才明白，我是真心愛著妳。我反思自己活下來的意義不是復仇，而是為了保護妳，避免妳步入和我一樣的黑暗後塵。

妳中了名為愛的詛咒，往後無法在夜裡安心熟睡，但沒關係，或許我無法成為喚醒妳的光芒，卻可以成為守護妳、陪伴妳的那片黑暗。

妳在城堡修復心碎的期間，我明白自己無法殺死國王，這麼做只會讓妳再次陷入悲傷。於是，在妳不再心痛後，我決定對妳發動攻擊，誘導妳拿起鏡子反擊，來完成我與黑魔法書的契約——讓另一個所愛之人，妳，殺死我。

在我灰飛煙滅時，妳的那份執著會與碎裂的王子一同消散，妳將再次重獲自由。往後，我不再以形體存在，但我的愛會跟隨每天必定到來的黑暗，繼續守護妳。

謝謝妳讀完我的記憶。

晚安，我親愛的公主，祝妳夜夜好眠。

22

雌兔

雌兔腳撲朔
躍入明鏡
不見其影

——《花木蘭》♂

在迷霧裡摸索

被相親對象拒絕後，我在回家的路上，見到草叢中有兩隻身體發光的奇特兔子，還來不及看清牠們的樣貌，牠們便消失不見。

一回到家，我在祖先祠堂裡沉澱心情，對著不會回應的神像傾訴。

「我想為花家帶來榮耀，但身為女子，唯一的方法就只有嫁個好人家嗎？」

龍神、虎神、猴神等各種姿態的守護神，靜靜地聽著我的煩惱，我的眼眶微微滲出淚水，暈開了妝容。

祠堂裡有面大鏡子，我並不喜歡現在自己的模樣，濃妝豔抹，掩蓋最真實的自己。我在鏡子前卸下一層又一層，這世界希望我成為的妝容，咀嚼稍早媒婆說的話：

「妳這樣永遠都嫁不出去。」

我很想反駁，跟這些沒有相處過的男人見面，只憑一面之緣，就要決定我的人生大事嗎？

「也怪妳太男孩子氣，我已經想不到怎樣的男人適合妳了。」

妝卸好了，鏡子映照出我的模樣，鏡中的我有很多話想說，但有誰能聽見？

「木蘭，北方匈奴來勢洶洶，爹這次出征凶多吉少，如果我不在了，要麻煩妳好好照顧娘和小弟。」

父親前日收到了國家的徵兵令，花家宅邸瀰漫著愁雲慘霧。

「爹，這是一定，你會平安歸來的。」

「還有相親的事不用勉強，雖然爹希望妳早日找到歸宿，不過好事多磨，妳真的有意中人再說。」

父親是個相對開明的人，他不會因為我是女兒，就限制我學習任何事物，比起詩書琴畫，我自小就好動，更喜歡學習騎馬射術等技藝。

可是在我連續相親失利後，母親自責她沒有好好教導我，才讓我不如一般女子的端莊嫻淑，而她比誰都希望我能嫁個好人家。

我曾反駁母親，沒有愛哪能與對方相守一生？母親卻回說女人沒有選擇權，愛情不是人人都有的附贈品，像她與父親也是婚後才彼此相愛。

要是能成為男人就好了，那我就能掌握自己的人生。

「妳在煩惱什麼嗎？」

父親打斷我的思緒。

看著兩鬢斑白的父親，我意識到婚事並不是要先解決的問題。

「爹，你的身體狀況容許你上戰場嗎？還是我們想想有沒有其他方法。」

「身為男人，保家衛國相當榮耀，我不會逃避的。」

父親摸摸我的頭，接著起身做出揮劍的動作，然而他行動緩慢，腳步顛簸。

我感到心疼，恨不得自己是男人，就能代替年邁的父親上戰場。

「花家的祖先們，請保佑父親征途順利。」

父親出征前一晚，我跪在花家祖先祠堂裡，祈禱神靈能賦予他平安歸來的力量。

「可以的話，我願意代替父親承受他接下來要面對的磨難。」

我誠心地許願，心意決絕。

忽然間，祠堂的鏡子發出亮眼光芒，我好奇地起身查看。只見鏡中竟然出現某位長髮男人，而他的長相與我非常相似。

「木蘭，我們聽見妳的願望了。」

祠堂中央的神龍神像發出聲音。

「出於妳的孝心，我們給予妳力量，讓妳代替父親前往征途，而妳也將透過這次征途，解開迷惘許久的難題。」

神龍說完後，鏡子光芒映照在我身上，等光芒不再，祠堂回歸於平靜的黑暗。一切似乎沒有什麼不同，可當我再次看著鏡子中的倒影時，我發出驚呼。落肩長髮依舊，但纖弱身形變得厚實高壯，白淨臉上出現點點鬍渣。若我移動身體，鏡子中的男人也跟著移動身體，動作一致——我變成男人了？

我慌張地走出祠堂，皎潔月光打在大理石砌成的地板上，卻不見我的影子。恍惚如夢，接下來我該何去何從？

23

雄兔

雄兔眼迷離
畫上妝容
困於鏡中

——《花木蘭》♀

感受自己存在的意義

我沒有多加思索在祠堂的經歷是不是夢，便溜進書房找出軍令，並順道拿走了父親的軍備。

離開家之前，我用劍割下長髮，接著悄聲來到馬廄。

「嘶——」

一直以來的坐騎阿斑看見我，發出叫聲。

「是我，接下來好段時間要麻煩你了。」

安撫阿斑後，我跨上牠。

「駕！」

快馬加鞭，我心無旁騖，奔走在前往軍營的道路。

「花平？第一次聽說花弧有這麼大的兒子。」

將軍疑惑地看向我。

「父親……父親很少提起我。」

軍營報到現場，我戰戰兢兢地繳交軍令，幸好這副皮囊看不出破綻，我順利地完成報到作業，隨後來到隸屬的隊伍。

隊上的同袍新兵高矮胖瘦，有看起來稚嫩的小夥子，也有跟我父親差不多年紀的孱弱老人。暗自慶幸是我頂替父親來到這裡，希望花家的人能理解我做的一切。

「嘿，小子，你體格挺好的。」

某位精壯的男子不知道從哪裡冒出來，他爽朗地說。

「我是梁郎，之後多多指教啊。」

梁郎伸出手，而我猶豫片刻，才握住他的手。

「你好，我叫花平。」

「你怎麼感覺很緊張呢，手都是汗。」

「天氣……有點熱。」

我得好好適應才行，畢竟之後要跟一群男人生活的日子，可不簡單。

軍隊展開一連串嚴酷的訓練。

雖然我的身體比以前強壯了，但因為還不習慣使用這副軀幹，我時常跟不上大家的進度。

「平，還好嗎？」

長距離的行軍途中，梁郎停下腳步，關心著氣喘吁吁、蹲坐在地的我。

梁郎各項體能訓練成績名列前茅，他對我很體貼，這段期間多虧他的照顧，我才能一次次度過難關。

「我……我可以的，呼……」

「沒事，交給我。」

梁郎扶起我，接過我的行囊，等我能再次跑起來後，他與我肩並肩，配合我的腳步趕上前方的隊伍。

幾個星期過後，我逐漸適應這副身體，不再需要旁人協助，從原本的吊車尾變成能與梁郎並駕齊驅的成績。

新兵訓練順利結束，終於要踏上北伐的征途。

征途前夕，我和梁郎坐在營火旁促膝長談。

明亮火光照耀下，我小心翼翼地替梁郎包紮，結業訓練時他的指頭被箭頭弄傷了。

「你手真巧。」

梁郎查看裹好繃帶的傷口。

「平，你還真厲害，訓練不但進步神速，縫衣服或野炊都難不倒你。」

面對突來的稱讚，我微笑以對。

「哦？你不會覺得縫衣服是女人才做的事情嗎？」

「哈哈，女人或男人不都可以做嗎？有空還想要你教我，之後戰爭結束，我要回去幫忙母親縫補衣服。」

「真羨慕你，總是能自在地做自己，不像我不能坦然地做想做的事。」

「沒問題的，平。」

梁郎靠向我，直愣愣地與我兩眼相對。

「無論你做什麼，你都是很棒的人，這點我再了解不過。」

梁郎看起粗獷，但其實有顆細膩的心，與他的朝日相處，讓我體會到從來不曾有的感覺，除了感到自在安心，某些時刻——像是現在——甚至讓人心跳加速。而我不排斥與他碰觸的機會。

「謝謝你，除了縫衣服外我還可以教你……你過來一下。」

梁郎有些疑惑地靠過來，我則一邊朝營火邊緣伸出手。

因為梁郎，我逐漸拋開某些偏見。

過去，我埋怨世人看待我的方式，卻沒發現自己對於男人同樣有著既定的眼光，而忽略了男人同樣能刺繡、裁縫、作羹湯，以及……

「這是？」

「你不要動。」

我將手指沾上一些冷卻的木材灰燼，接著在梁郎的眉梢周圍，拉出眼線，就如同畫眉一樣。

「好了。」

梁郎深邃的雙眼，多了一絲嬌媚，我不禁發笑。

「你幹麼笑，我臉上有奇怪的東西嗎？」

我拿出鏡子，梁郎跟著我一起大笑，而我多麼希望未來有更多的時光，能與他一起笑著度過。

「梁郎，有件事想跟你說。」

「儘管說吧。」

我猶豫著是否告訴他，我原本是女兒身的真相。

「等征途結束後再說好了。」

梁郎有些疑惑我的反應，但他還是微笑回道：

「有任何煩惱，我隨時願意聽你說。」

我不知道自己為什麼說不出口，或許是害怕說出口後，他會接受不了真實的我，我只能躲在鏡子映照的男兒身中。

「不管怎樣，你最終都會成為你想成為的樣子。」

「你怎麼那麼肯定？」

我疑惑地問著。

「因為，我相信你。」

梁郎目光堅定，如同柴火冒出的火光般亮眼，照亮了黑暗。雖然我的影子依舊不見蹤影，不過，我卻能暫時躲在他的影子裡，感受到自己的存在。

24 兔子

雌兔皆雄兔
兩兔傍地走
隨歌遠走

——《花木蘭》

成為你想成為的樣子

踏上征途的幾週後，某日軍隊遇上埋伏的匈奴。

「平，小心！」

梁郎推開我，迎面而來的飛箭，射進他的胸膛。我扶起倒地的梁郎，他不顧箭傷，隨後拔出劍，與我和其他弟兄們奮力殺敵。

經歷苦戰後，雖然最終擊退敵人，但梁郎已奄奄一息，躺臥在地。

「我或許……沒辦法和你繼續向前了，咳咳……」

梁郎咳出血，我用手止住傷口，但鮮血仍不斷地流出。

「你別哭，希望在最後時刻，還能見到你好看的笑容，請你……好好活下去，繼續綻放笑顏……」

「好……我答應你。」

我努力擠出一絲笑顏。

「我相信你……」

他緩慢地閉上雙眼，模糊的視線後，再無梁郎。

梁郎死去當晚，我獨自來到營地附近的湖旁，沉澱心情。明月高掛，湖面如鏡，映照疲憊的倒影，我回想起這些日子以來與梁郎相處的時光，忽然間悲從中來，一滴滴淚水落在湖上，漣漪成圈。

爹，我是否已經為花家帶來榮耀？我有讓你驕傲嗎？我遇見了想相守一生的人，但已無法再和他相見了。好想讓梁郎看見真實的我，偽裝在這具身軀後，無法展現真正的力量。我早該告訴他真相，如今我不再迷惘於身為女人的事實。

淚水慢慢地止住，等到漣漪消失，我發現我變回女兒身了，而消失已久的影子，再次被月光拉長。

回到軍營後，將軍和同袍訝異我的身分，但還來不及處置我，烽火便再起，連續燒了好幾週。我繼續拿起干戈，與弟兄們共同作戰，度過許多千鈞一髮的危機時刻，順利地活下來。

在一次夜戰中，我斬殺了匈奴王單于，讓征途迎來尾聲。斬殺單于後，我被振臂高揮、慶祝勝利的士兵們團團圍住，我高舉單于的人頭。

「平……不，木蘭，我一直都相信著妳的力量。」

我彷彿能聽到梁郎站在身邊，如此說。

我不再迷惘自己的身分，是男是女都好，我都要勇敢掌握接下來的人生，如梁郎說的，要好好地展現笑顏。

征途歸來，因為我的英勇事蹟，皇上赦免我假冒成花平的身分從軍，並封我為民族英雄。雖然眾人難以理解我的男兒身形貌為什麼會變成女性，但這些對我來說，都不重要了。

回到家鄉後，花家的人熱烈地迎接我的到來，特別是我的父親，他在見到我時，緊緊地抱住我，告訴我能回家就好，他以我為榮。

等到一切回歸平靜，我在鎮上成立了一家私塾，教導各類技藝，無論是男是女都能來參加。

「母親，我寫了一首詩要送給妳，妳要聽看看嗎？」

多年後的某天，我與女兒在私塾大院的涼亭上交談。

「唧唧復唧唧，木蘭當戶織。」

女兒用她的想像，詠唱描述我女扮男裝、代父從軍的精采故事。

過往的征途光景，一幕幕地浮現在我腦海，就在她念最後一句時：

「兩兔傍地走，安能辨我是雄雌？」

很久以前，曾經看過的兩隻發光兔子從我們身邊奔跑而過，而女兒似乎看不見牠們，牠們跑到某個地方後停下了腳步，並同時回頭看向我。

「寫得很好，妳很棒。」

女兒念完詩後，我回應她。

「母親，我以後能成為和妳一樣的人嗎？」

在回答她之前，我與那兩隻兔子眼神交會，我向牠們點點頭，我想未來我再也不會看到牠們了。兩隻兔子轉過頭繼續向前跑，隨後兩個形體幻化成一隻兔子，消失在遠方。

「會嗎？會嗎？」

女兒露齒而笑，催促著我，我則回以她同樣燦爛的笑顏。

「當然，妳會成為妳想成為的樣子。」

25

沒有翅膀的人

溫室裡縫不好謊言
練習拍動翅膀
在天空與你道別

——《白鶴報恩》白鶴

來自不同世界的愛

今年冬天特別寒冷，屋內霜氣很重，我得趕在你回來前，將熄滅的爐火重新升起。

你一早就前往市集，希望有人能收購近來打獵的成果，因為你的辛勤，才讓這個家衣食無缺。

爐子裡的柴火開始變得紅通，窗外雪花片片飄落，想當年，我們也是在這樣大雪紛飛的日子裡相遇。

「我回來了。」

你終於回到家，抱著滿滿的食材推開門，語氣中充滿喜悅，看來收購的生意相當順利。

「這給妳，最近天冷。」

你遞給我一件雪白色棉襖大衣，就像白鶴的羽毛。那是你省吃儉用，額外買的禮物。

「謝謝你，好暖和。」

我披上大衣，示意你一起過來取暖。

「我不會冷啦。」

你笑著說自己很強壯，但隨後打了個噴嚏。我把你拉過來，緊緊抱住你。比起羽毛或棉襖，你比什麼都還要溫暖。只是擁抱時，卻感受到某股不知從哪裡吹入的寒氣。

「真難用。」

你拿著針線，笨拙地縫製破掉的大衣。

「還是交給我吧。」

我放下手中的書籍，接過你手上的針線。

縫紉的過程裡，你好奇地翻閱我的書，並斷斷續續地念著書本上的文字。

「美麗女子……天空……離開，唉呀，好多字都看不懂。」

「有興趣的話，我可以念給你聽。」

「不用了，我對這些東西沒興趣。」

你將書本放下，接著用粗糙長繭的雙手舉起獵刀，在空中揮舞。

「有時間的話，我不如多學一些打獵的技術，才能捕到更多的獵物，給妳更多錢買書。」

「或許我可以教你識字，這樣以後我們說不定能把生意做大。」

「不必了，讀書對我來說沒什麼用，但我很感謝妳願意接受我這樣的人。」

「是我要感謝你才對。」

在一年前的冬天，你偶然救了倒在雪地中受傷的我，在你細心呵護之下，我才能回復得這麼快。

雖然是為了報答你的恩情，才願意嫁給你成為妻子，但與你的朝夕相處，我感到呵護及幸福，只是我們之間似乎有著無法橫越的鴻溝。

我繼續縫補大衣，你則揮舞著獵刀，時而拉起弓箭，不一會兒，你已躺在爐火旁呼呼大睡。

徹夜未眠地將大衣縫好後，我把它穿在身上，卻發現明明裂痕修補好了，那股無法擺脫的寒氣仍持續地從某個裂縫中吹入。

清晨時分，我把大衣披在你身上，離開熟睡的你，來到庭院，我偷偷地回復原型，悄悄鼓動翅膀。

地上的雪逐漸融化，原本踩踏的足跡都無蹤影。

有個祕密，我始終不知道該怎麼對你說。在那個下雪的日子中，我被狐狸咬傷，倒臥在地，生命垂危之刻，是你救了我。

我很意外身為獵人的你，竟然會放過一隻白鶴，你說白鶴是神聖的動物，並細心地呵護我。我被你的溫柔體貼打動，於是化身成人，假裝與你邂逅，然後嫁給你，照顧你的生活起居，報答救命之恩。

這些日子以來，我的傷也慢慢復原，翅膀變得更加強壯了，我想起飛翔的感覺。

從縫補好大衣的這天起，我決定要開始練習，與你道別。

我展開翅膀，開始拍打過去你說過的話，展開第一天的練習。
「我的夢想就是和妳生幾個白白胖胖的孩子。」
再見，再見。讓我停留的你。
「我真不懂那些進城的人，拚了命想出人頭地有什麼用？我只要三餐溫飽
就很滿足了。」
再見，再見。沒有翅膀的你。
「我啊，只要有妳就夠了。」
再見，再見。
「天空太大了，我更在乎天空下的森林。」
再見了。來自不同世界，親愛的你。

26

傘外

就算觸碰不到彼此
在晴朗的日子
也願為妳撐傘

——《聶小倩》

平凡卻真摯的陪伴

「這件事不是努力就可以的，我們……分手吧。」

天空下起大雨，腦海仍迴盪著前戀人說過的話語，蓋住喧譁的雨聲。

不管雨勢，我繼續穿梭在這座城市，流連於前戀人曾留下的足跡，讓回憶淋溼前方道路。

「嘿，你沒有帶傘嗎？」

某個聲音打斷了思緒，回過神時，我發現自己站在某棟廢棄老房的屋簷下，四周卻不見人影。

「找我嗎？我在這裡。」

一把看起來古老的黑傘倚靠在斑駁的牆上。

我將傘拿起，隨後撐開，只見一位長髮飄逸，穿著典雅古裝的少女現身於傘下。

「妳該不會是聶小倩？」

她讓我想到《聊齋志異》中的聶小倩。

「我沒有姓，被牛頭馬面拿走了，那是聊齋先生捏造的姓，你叫我小倩就可以了。」

屋簷外的雨勢越來越大，她注意到之後說：

「不想再被雨淋的話，這把傘可以借你哦，但我有個條件——」

少女眼眸如杏花，圓潤而清澈。

「——要連我一起帶走。」

那天後，我身邊多了一把傘，而傘裡住著一位少女的幽靈。

「我不能離開傘，不能照到陽光，所以我最喜歡雨天了，這樣就能假裝跟其他人一樣，躲在傘下，好似一切都正常。」

雨天時，我常和小倩一起在傘下漫步，沒有任何目的地，被城市的人流推動著。

晴朗的日子，傘被收攏起來，偶爾能聽到小倩用哭喪的語氣，訴說著自己屬於過去，沒有可以到達的未來。

而我何嘗不是沉溺於回憶，無法向前的人。

前戀人光著身子，在床邊哭泣。

「對不起，我還是無法克服……」

我抱住她後輕聲說：「沒關係，我們再一起努力。」

「這件事不是努力就可以的，我們……分手吧。」

前戀人輕輕推開我，但我拉住手仍想挽回。

「連如此平凡的要求我都做不到，太委屈你了。」

「那我可以為妳變得特別，就算沒有性，我相信我們也能繼續走下去。」

「傻瓜，那並不是你真正的樣子，放手吧。」

曾經以為溫柔的言語或擁抱循序漸進，能讓我們向前航行，跨越她一直以來無法碰觸的阻礙。但直到她說出要離開後，我才發現，自己並不是燈塔，只是用繩索困住她的水手。我厭惡自己像個凡人般擁有世俗的欲望，無法為所愛之人變得特別。

「你真好，願意帶著我到處亂跑。」

今天又是下雨的日子，小倩與我並肩走在傘下。

「反正我也沒有想去的地方。」

「你跟之前和我在一起的寧采臣或其他人都不一樣。」

小倩停了下來，抬頭看著細雨綿綿。

「就算快要放晴了，你不會催促我回到傘中，不像他們總是想保護我，忽略我真正的心情。」

陽光微微地從烏雲後方滲出來，雨快要停了，她的眼睛瞇成一條線，輕輕笑著。

「你非常平凡，但我反而很喜歡這樣的你，就像現在的陽光，讓人感到舒服自在。」

「妳不是不能照到陽光嗎？」

「但我能理解在你們的世界，陽光是不可或缺、再自然不過的存在，那就足夠了。」

我愣了一下，某種壓抑已久的情感翻攪著。

「無法接觸平凡的陽光，就像無法觸碰你一樣，不過我還是喜歡你。」

天空放晴了，我仍繼續撐著傘。

「欸？你還不收傘嗎？」

「妳沒照到陽光吧？」

「嗯！傘夠大！」

又走了一陣子後，幾位路過的孩子看見我撐著傘，紛紛發出嘲笑的聲音，而小倩則是滿面笑容，和我第一次在晴朗的日子漫步在街道上，雖然依舊觸碰不到她，卻能感受到溫暖。

「那我們接下來要去哪裡？」

或許接下來，我知道要去哪了。

我曾經失去了一個人，但也撿到了一把傘。

「未來？那是什麼好玩的地方嗎？」

而妳，撿回了我。

27

綻放卑微

把愛藏在花盅
綻放卑微
嚮往自由

——《美女與野獸》野獸

當救贖變成詛咒

「親愛的，最近天氣冷，這次出遠門注意保暖。」

貝兒在我啟程去鄰國處理公事的前夜，如此叮嚀道。

我在更衣室挑了件兔毛織成的大衣，回到房間，她看見衣服後皺起眉頭，發出嘖嘖聲。

「你品味真差，我去幫你拿。」

她走出門，不久便帶著另一件貂皮外套回來，輕輕地套在我身上。

「你穿這件。」

「是很保暖……不過女人味會不會太重？之後我會與鄰國的王子見面，感覺有些不成體統。」

「你不懂啦，反正你穿這件就是了。」

貝兒語氣有些不耐，接著再次說出那句如同咒語的話語：

「當初要不是我的幫忙，你現在還能人模人樣？」

我手握拳，聽見腦海有個聲音發出怒吼，就像從前我還是野獸的樣子。

「野獸，不，親愛的王子，我們終於能獲得幸福了。」

在破除詛咒，從野獸變回人形後，我以為和貝兒從此會過上幸福的日子，玫瑰雖然找回生機，卻重新被罩上玻璃罩，深陷新的牢籠之中。

貝兒拯救了我，但我得為這份救贖成為愛的奴隸。

「當初要不是我的幫忙，你現在還能人模人樣？」

「是的，謝謝妳，我會遵照妳的意思去改造花園。」

我跪膝在地，卑微地偽裝成她希望我成為的樣子。

「我討厭玫瑰，記得別讓我看到。」

於是原本種滿紅玫瑰的花園，變成五顏六色的虛榮，卻怎樣都填滿不了她的欲望。

「我不愛妳了，請讓我自由。」

我演練過許多次這樣對她說，但每當想付諸行動時，腳上被套牢的鐵鍊就會囯唧作響。

「你不滿嗎？」貝兒說。

「就穿這件衣服吧。」

「很好，相信鄰國王子會喜歡這件衣服的。」

貝兒從身後抱住我，踮起腳尖吻過我的臉頰。

「我愛你哦，你愛我嗎？」

我沒有立即回應以往她要的答案，而是沉默片刻後說：

「我有些累了，今天我們早點休息吧。」

「我愛你。」

這句話曾經將我從野獸的皮囊中釋放，如今則成為了另一個詛咒。

等貝兒熟睡後，我悄悄地離開臥室，來到城堡頂樓的陽台。

我在陽台偷偷藏了一只裝著玫瑰的玻璃花盅，有心事時，我都會來到這裡傾訴給玫瑰聽，它成為撫慰我的寄託。那朵玫瑰象徵著我渴望的愛。

然而，當我抵達陽台時，發現玻璃花盅已經碎裂，玫瑰花被剪成兩半，無數花瓣散落在地，一把常在花園見到的剪刀擺放在花盅旁。

「我討厭玫瑰。」

貝兒的聲音在耳邊迴盪著。

我再也無法忍住情緒對著夜空大叫，就如同野獸般地吼著。

我拿起剪刀，憤怒地衝下樓，或許野獸從來就沒有離開過，我只是假裝牠不在了。而此刻我只想要擁有真正的自由。

我回到臥房，手握著剪刀，一步步往躺在床上的貝兒靠近。

「你愛我嗎？」

貝兒，這句話妳可以自問自答。因為自始至終，妳愛的都是自己，以及妳心目中想像的我。

28 救世主

把愛做成標本
擺在瓶中
永不凋謝

——《美女與野獸》美女貝兒

在愛消逝之前

寧靜夜裡的一聲怒吼，把我從睡夢中喚醒。
看來是我的愛人——王子再次成為野獸了。
沉重的腳步聲快速地朝臥房逼近，我並不害怕，反而有些興奮。
不管等一下見到的是人或龐然巨物，都不重要，因為我早就知道，那隻野獸一直都沒有離開過。

「貝兒，我好幸運能遇見妳，給予我邁向未來的力量，妳是唯一能夠理解我痛苦的人。」
親愛的王子殿下，我才是那位幸運的人，因為當你變回人類後，依然為過往童年所造成的傷害黯然神傷。
許多夜裡我看著你潰堤，你訴說著曾無數次被父王懲罰，用鐵鍊拴住四肢，在無數個黑夜裡，乞求黎明後有人能來拯救自己，重獲新生。

那些鐵鍊留下的不只傷痕，還有你被拴出破洞的心。

我成為你最重要的傾訴對象，在每次觀看你的痛苦時，我逐漸明白自己被你深深吸引的地方，不是你變回人類的英俊外表，或是身為野獸時就有的善良之心。

我喜歡看你痛苦掙扎的模樣，那樣能顯得我多麼重要。

「當初要不是我的幫忙，你現在還能人模人樣？」

「是我錯了，拜託別離開我。」

你犯了錯，跪在我面前乞求我不要離開，我很明白此刻的你依然是一頭無助的野獸，而你渴求的愛，能將你牢牢地套住，變成專屬於我的玩物。

我既是你的黑夜，也是你的黎明。

你推開臥室的門，逐漸朝我走來。我繼續假裝沉睡，想看見你的決心。

「貝兒，妳起來。」

你叫醒了我，隨後將房裡的燈點開。只見你手上握著一把剪刀，看來你已經知道我對玫瑰所做的事情。

「我要拜託妳，殺了我。」

你將剪刀拿給起身的我，跪坐在地，擺出那副我喜愛的窩囊模樣。

「親愛的，你幹麼這樣呢？」

「妳稍早不是問我愛不愛妳嗎？我現在要告訴妳真正的答案。」

你闔上眼，接著奮力地擁向我，而我手上的剪刀瞬間刺入你的胸膛。

我才明白，現在的你似乎越來越不需要我了。

「我……再……也不愛了。」

你的鮮血汩汩地從嘴角流出。

在這份愛消逝前，我感到失望。我將你輕輕地扶起，然後倚靠在你奄奄一息的身上。救世主遊戲該結束了，是時候該表達這些日子以來我對你的感謝。

我在你耳邊密語：

「但我一直都深愛著你。」

嘿，親愛的，就此一次，我允許你，活在你所選擇的痛苦之中。

第三章

遺落夢境

29 不被忘記的故事

為你找到龍宮公主
再說一次
青春永駐的故事

——《浦島太郎》浦島太郎之戀人

不被忘記就能永恆存在

距離浦島太郎在海上失蹤，已過了近六十年。

最近我開始想不起浦島太郎的模樣，只能透過跟孫女講述年輕時的往事，維繫他曾經存在的記憶，哪怕未來只有一人記住都好。

「花子奶奶，妳說了這麼多故事，所以浦島太郎是妳的戀人嗎？」

孫女不只一次這樣問道。

「他是我重要的朋友。」

對於浦島太郎的感情，在他失蹤後我便沒有跟任何人再提起，因為這份遺憾是只屬於我知曉的祕密。

浦島太郎失蹤後，村民只發現出海時的船，並沒有找到他的屍體。因此我心裡還有一絲期待，可以等到浦島太郎歸來，便一生都沒有離開臨海的家鄉。

我常常在傍晚的海邊散步，眺望遠方天際線，搜尋著他的身影。寬廣大海的深處藏有某種赤蚌，赤蚌中有著巨大珍珠，百年來能捕獲珍珠赤蚌的漁民寥寥可數，但只要獲得珍珠就能一生榮華富貴。

浦島太郎曾說他有朝一日會找到珍珠，這樣我就不用再煩惱生計，還有久病父親的醫藥費。

我笑著回應浦島太郎，我樂意見到這天到來，並做了個約定，無論他有沒有找到珍珠，等到一年後我成年，他就娶我為妻。

然而就在我成年前數日，浦島太郎便失蹤了，或許他就是想找到珍珠做為結婚禮物，才會獨自出海。

從少女到白髮蒼蒼的老人，即使時光流逝，我依舊相信浦島太郎還活著，只是迷失回家的方向。人們都叫我別再妄想，但如果我停止這份冀望，那我會更快地忘記這個人，等到那天到來，浦島太郎將永遠不存在於這個世界。

這日，當我如同平常在海邊散步時，有兩個孩子在沙灘上圍住某個東西。

「牠的樣子真奇怪，好像怪物哦！」

「給牠一點顏色瞧瞧！」

我走近一看，發現是隻海龜。

「你們是哪家的孩子，這麼胡鬧！」

發聲制止後，他們向我做鬼臉，接著匆匆跑離海龜身旁。

我移動被沙灘凹陷處困住的海龜，一會兒時間牠便順利掙脫，再次回到海中。海龜在水面載浮載沉，逐漸遙遠的身影，讓我忽然間幻想起關於浦島太郎那天消失的光景。

浦島太郎在沙灘救了一隻被小孩子欺負的海龜，海龜為了表示感謝，便帶著他一同悠游，然後潛入海中，來到海底的龍宮。

繁華的龍宮住著一位美麗的公主，浦島太郎進到龍宮裡，接受了公主的招待，在宮中待上幾天。

因為龍宮中的一天，等於人間的數十年，所以直到現在，浦島太郎都還沒回來，而他……

「奶奶，要吃晚餐囉，妳還在找浦島太郎嗎？」

從身邊突然出現的孫女打斷我的幻想。

「或許，我已經找到浦島太郎了。」

「咦？在哪裡？」

「我等等跟妳講一個故事，關於浦島太郎失蹤的真相，妳聽過龍宮嗎？」

孫女張大眼睛，充滿好奇地看著我。

我相信她會喜歡這個故事，並將故事講給她未來的兒女聽，因為悲傷且殘酷的事實沒人想記得，但美好的童話可以淵遠流長地傳誦下去。

那天之後，我又逐漸想起浦島太郎清楚的模樣。

親愛的浦島太郎，你不再只是一個遺憾，而將做為故事被更多人記住。

你永遠都是我珍貴的存在。

30

幸福的泡泡

水中聽不見哭聲
別戳破泡泡
我依舊幸福

——《小美人魚》愛麗兒

幸福有時來自視而不見

「愛麗兒，妳覺得她會願意嫁給我嗎？」
王子提到她時，眼神熾熱，比城堡陽台外的星星還要亮眼。
我只能心虛地點點頭，心想像他這麼好的人，有哪個女人會拒絕？
「謝謝妳給我鼓勵，那我下定決心了。」
王子匆匆離開我，準備前往屋內，找到喧騰舞會上的她。
我以為只要王子幸福，我就不會難過。但看見他給她深深一吻時，我感受到無比的心痛。
已經失去聲音的我，只能無聲地哭著。

「我願意用我的聲音，來交換一雙人類的腳。」
從女巫烏蘇拉那裡離開，來到陸地上後，我以為只要付出真心，王子就能理解我的愛。

結果並非如此，愛無法說出口，就算付諸行動，也只像丟入海中的石子，濺起微微漣漪，捲不起情感上的浪花。

王子和她結婚後，我依舊留在城堡裡，成為服侍王族的傭人。

「我好幸福，妳做的菜真好吃。」

王子吃著王妃的菜，眼眸裡盡是幸福。

「太好了，你喜歡就好。」

王妃開心地回應。雖然王子愛的那一桌佳餚，都是出自我的手藝，但我只能遠遠地站在餐廳邊，面帶微笑假裝一切都沒有發生。

王子幸福就好，他能幸福，我就幸福。

「哇——哇——哇——」

一年後，王子迎來他第一個孩子。嬰兒哭啼的聲音，時常響徹整座城堡，整個王國也為他的誕生舉國歡騰。

我理當要是開心的一分子，但每當聽到王子抱著嬰兒，對王妃說：

「能遇見妳還有我們的孩子，是我這輩子最大的幸福。」

原本王子最愛的人是王妃，或許我還有機會成為第二順位，但如今連這個可能性都沒有了。

於是，在他們孩子滿月時，我獨自來到當初上岸的海邊，思考著這些日子以來的點滴。我在船難中拯救了王子，進而愛上他，也因為這份愛，我失去的不只聲音，還有在這片大海中徜徉的自由。

如果我能說話，王子一定會愛我，在他身邊笑著一起擁有孩子的人將會是我，我一直都這樣想，但沒有兩全其美的願望。

獲得什麼，就會失去另一個東西，這是烏蘇拉告訴我的真諦。

在這份不甘心轉變成恨之前，或許我該回到大海了，因為我無法想像有一天會恨他。

但在離開之前，我想讓他永遠記得我。

某個風和日麗、適合航海的日子，王子帶著一家人，搭乘大船在近海一帶遊玩。

趁著王子獨自一人的時候，我來到他的身邊。

「愛麗兒，很高興這趟旅程妳願意跟我們來，平日辛苦妳了，妳好好玩。」

我一如往常地點頭微笑，不同的是，我拿出藏好的小刀，接著，在王子措手不及時——

「妳在幹什麼？住手啊！」

小刀在我的脖子上割開一道傷口，不到一會兒的時間，我的喉嚨感受到從前在大海中，被液體填滿、自由呼吸的感受。

眼前逐漸變黑，我雙腳一軟，倒了下去，如果是在水裡，就算沒有力氣，我也能藉著浮力支撐身體，可惜這裡是陸地。

「愛麗兒……妳為什麼要這麼做……」

王子把我抱在懷裡，他好暖和，就如同我救他上岸的時候一樣。

我感受到自己的身體慢慢失去重量，就如同輕盈的泡泡一樣，我似乎又回到大海了。

「妳一直都是很好的傾聽者，妳的結局不該如此，妳應該獲得幸福。」

幸福？我當然幸福囉。只要——

「我多麼希望妳能開口對我說話，我一直把妳當作妹妹看待……」

不戳破那些包覆著幸福的泡沫。

31

愛情故事

請吹出愛情的泡泡
用力戳破後
就能再說一個故事

——《小美人魚》烏蘇拉

循環往復的悲劇

「我相信他是我的真命天子。」

愛麗兒公主殷切地說，眼中充滿渴望。

像她這樣對愛情憧憬的顧客，我很常見到，而這時只要輕輕推他們一把，就能輕易拿到我想要的東西。

「如果妳想更加靠近他，或許可以先聽我說個故事，關於某位人魚渴望變成人類，最後順利收獲愛情的故事。」

她眼睛一亮，認真地看著我，聽我娓娓道來。

從前，有位人魚少女，她在某場風暴中，愛上了遇到船難的漁夫。

人魚少女拯救了漁夫，漁夫從此和人魚少女成為好友。風和日麗的時候，漁夫會航行在海上，而人魚少女會協助他捕魚，漁夫年輕英俊，談吐幽默，人魚少女很快就愛上他，並表達了心意。

然而漁夫卻表示自己雖然對人魚少女也有情意，但他不可能永遠待在海上，而人魚少女無法待在陸地，這樣子兩人是沒辦法長久走下去的。

人魚少女知道漁夫的想法後，便來到我這裡，用她美麗的雙眼交換了一雙腿。後來，人魚少女上了陸地，與漁夫結為夫妻，雖然她看不見了，但漁夫成為她的眼睛，為她指引未來的道路，兩人從此過著幸福快樂的日子。

「真是太浪漫了。」

愛麗兒露出開心的神情。

「那我該怎麼做？」

「我這裡有一瓶魔法藥水，只要喝下它，妳就能變成人類，不過想獲得它，妳得拿東西跟我交換。」

說完後，我從店裡的架子上，拿下一瓶藥水。

愛麗兒盯著我手上的藥水，迫不及待地問：

「說吧，妳要什麼我都換。」

我早就知道她會這麼回應，就如同過往來尋求愛情的客人一樣，最容易推銷產品了。

「那我要妳的聲音。」

「當然沒問題，我想就算沒有聲音，王子也一定能感受我的愛。」

等愛麗兒簽下契約後，我把一瓶空瓶遞給她，隨後引導她對著空瓶呼氣，當她呼完氣後，瓶子裡迴盪著她美妙的聲線，我用軟木塞將瓶子堵住，很順利就獲得了她的聲音。

「這是變成人類的藥水，請在明天日出前服用。」

愛麗兒興高采烈地接過魔法藥水，臨走前還向我點點頭，我回以微笑。

我把裝有她聲音的瓶子放到收藏櫃上，擺在那位曾說過愛我、忘恩負義的漁夫眼睛瓶子旁。

接下來又有個浪漫故事可以說給客人聽，要怎麼改編呢？

相遇，相戀，親吻，愛撫，上床。

謊言，第三者，爭吵，分手。

復合，再分手。

永別。

老套詞彙重新排列，套上不同角色，就能構成無數生動故事。

「為什麼他不能理解我愛他？但我相信我是幸福的，因為這就是愛情啊。」

我看著能預知未來的水晶球，深陷愛情情節的妳，用手語比劃著。

「啵。」

妳的泡泡終於破掉。

新故事就叫小美人魚吧。

32

說謊練習

平凡小男孩
只能摸摸鼻子
分不清實話

——《木偶奇遇記》皮諾丘

長大是成為說謊家的過程

親愛的蟋蟀先生：

別來無恙，好久沒有寫信給你了。

今晚我睡不著，想和過往那樣，向你傾訴一些事情。

雖然不知道這封信什麼時候會到你手上，但希望能透過分享這些日子的心情，讓實話再次被聽見。

「皮諾丘，恭喜你，從今以後你就是貨真價實的小男孩了，不過考驗才要真正開始。」

藍仙子曾這樣說。

我以為從此和爸爸能過上誠實而幸福的日子，但成為人類後，我反而每天都會照著鏡子練習說謊。

「幫忙你們是應該的。」

「我沒有生氣，是心甘情願的。」

「他們沒有欺負我！」

我變得更加孤單。因為說謊的時候，我的鼻子再也不會變長，沒人能察覺到真相。

「又跌倒啦？是因為不適應人類的身體嗎？」

爸爸替我在傷口貼上繃帶，即使不久又會出現新的傷口。

「我很適應了，我在學校過得很好，爸爸你不用擔心。」

「你喜歡學校就好。」

過去只要我說謊，爸爸發現鼻子變長後，他會拿出鋸子，一邊鋸下多出來的部分，一邊告訴我做人的道理。

但沒想到做人比當木偶還要難，我發現要是所有事情都誠實以對，那只會遭受更多的痛苦，我只能繼續說謊，偶爾我也想像過去那樣，讓謊話被看見。

「爸爸，最近你身體不好，我想要不要休學，在工作坊幫你。」

「孩子，說什麼傻話，擁有知識才能扭轉你的命運。」

爸爸摸摸我的頭，繼續說：

「我身體很硬朗，你專心上學就好。」

可是當爸爸起身時，他立刻扶著腰，面露不舒服的模樣。

我觀察到，人們習慣以愛之名活在謊言裡。

「皮諾丘，你為什麼在哭呢？」

今夜，爸爸被我的哭聲吵醒。

「你的心怎麼跳得那麼快？」

爸爸拄著拐杖坐在床邊，為了不讓他擔心，我只能繼續說謊：

「我看了夜魔的故事書。」

「睡前別看那個，明天還要早起上學。」

蟋蟀先生，為什麼變成人類，得說更多謊呢？

爸爸離開房間後，我來到鏡子面前，再次練習。

「你很棒，你值得被愛，你會幸福的。」

我知道有人愛我，也希望我幸福，但我是真能學會——

「你很愛現在的你。」

為自己說一個完美的謊嗎？

書寫至此，我意識到我得對自己坦承，我已經厭倦說謊了。我並不適合當

小男孩，或許當個提線木偶，對我來說才是最幸福的樣子。

希望當你看到這封信時，能理解我的決定。

對了，你一直都知道這世界真正的模樣嗎？

你的摯友　皮諾丘　敬上

33

故事前言

陪你寫完前言
讓真心封存
用謊言編織美夢

——《木偶奇遇記》蟋蟀

保持善良的自己

親愛的皮諾丘：

我看見你的信了。近來你發生的事情和信中提到的心情，讓我回想起過往，剛遇到你的時候。

「我不知道我是誰，然後該往哪裡去。」

那天下著雪，在一片白皚皚的森林之中，我遇見你。

你說你被人口販子騙了，被賣到馬戲團表演，受盡各種不人道的對待，雖然你苦笑著說自己不是人類，卻是擁有心的木偶。

雖然犯了錯，仍掛心於家鄉的父親，希望能早日回到他身邊。

你說這段話時很真誠，像個真正的小男孩，我拍拍你沒有溫度的肩膀，替你撥掉上面的雪，天氣寒冷，我決定引導你找到回去的道路。

「我一點都不在乎你，不用你多管閒事！你走開！」

旅程開始後，你常被自卑和外界的紛擾影響，但透過你變長的鼻子，我知道你擁有一顆善良的心。

「不用安慰我了，唧唧叫的，好吵哦！你是蟋蟀嗎？」

「你就當我是蟋蟀吧，不管怎樣，我都會陪著你。」

在森林裡徘徊許久，循著光穿過迷霧，花了好長的時間才找到出口。

走出森林後，我們遇到了擁有魔法的藍仙子，她被你的孝心感動，把你變成人類。

為此我們都很開心，你把我擁入懷中，讓我聽到你第一次的心跳。

「謝謝你的陪伴。」

在你懷中很溫暖，心跳很大聲。

「我有很多話想對你說，太多太多了，但再等我一下。」

你的鼻子不再變長，我為你感到開心。

「因為，我想先學會愛上全新的自己。」

在岔路分別後，我們踏上各自的旅程。

我以為這就是一個美好的故事了，想不到我只是陪你寫完前言。

你說的沒錯，擁有說謊會變長的鼻子，或許不是一件壞事。只怪那時我太天真，人類世界遠比我想的還要複雜。

「希望當你看到這封信時，能理解我的決定。」

過了一段時日，終於收到你的來信，卻是在你的喪禮上。

紙上有著幾行被淚水暈開而模糊的字句。

「對了，你一直都知道這世界的真正模樣嗎？」

我哽咽地讀完這句話後，久久不能自已。

你父親說，最後你用木偶提線纏繞在脖子上，將自己吊起來，似乎在控訴著什麼，但我明白你只是想告訴世界，你依舊是原本的你，那個一說謊鼻子就會變長的小木偶。

你離開後，我也開始練習說更多的謊。

「從前從前，某個小鎮上，住著一位專門做木偶的獨居老伯伯。」

我寫了一個關於木偶男孩，在蟋蟀先生引導下克服萬難，最終小男孩被藍仙子變成人類，得到幸福的童話故事。

「最後小木偶變成了男孩，從今以後，與他的父親過著幸福快樂的生活。」

這個童話有著跟你一樣的故事前言，但我決定就將前言當作結局，這些手稿已經寄給鄰近鎮上一名喜歡說故事，和你一樣有著溫暖心跳，名叫柯洛帝*的小男孩，我想他會喜歡這個故事，並讓它變得更精采。

近來，我居住的地方飄起了雪，有預感這會是我度過的最後一個冬天，所以我先把這封信寫起來，我相信我們會在另一個世界相見，到時候再親自交給你。

你的摯友　蟋蟀　筆

＊作者注：《木偶奇遇記》的作者為卡洛．柯洛帝（Carlo Collodi）。

34

尋找影子

誰在昨天迷了路
遇見不回頭的兔子
翻開明天來找到我

——《愛麗絲夢遊仙境》愛麗絲

迷路的人生

「媽媽，妳做惡夢嗎？」

女兒在床邊看著從夢中驚醒的我。

離開樹洞多年，還是時常夢見那場刻骨銘心的冒險。穿梭於富含奇幻生物的繽紛森林，越過危險四伏的王國邊境，智鬥狡詐的紅心皇后。

「如果媽媽睡不著，可以說故事給我聽！」

我還不曾向任何人分享關於仙境的事。

「好啊，那媽媽來講某位少女遊歷仙境的故事。」

女兒露齒而笑，與我同樣擁有一對大大門牙，就像那隻擁有懷錶的兔子。

「少女的名字叫愛麗絲。」

「看看妳是什麼德行？參加什麼舞會？」

母親嚴厲地責罵剛回到房間的愛麗絲，學校的成年舞會仍在繼續，但愛麗絲連一支舞都沒跳到，只能趕在門禁時間前回來。

「我快要成年了，那個舞會對我來說很重要。」

愛麗絲鼓起勇氣頂嘴。

「妳完全跟不上妳哥哥當時的成績，還有時間參加舞會？難道妳不知道父親對妳有很大的期望嗎？」

「無論我再怎麼努力，都沒辦法像哥哥那樣優秀，還不如現在就做自己喜歡的事情。」

「不成體統。」

愛麗絲沒料到母親會賞她一巴掌，母親憤憤說：

「強詞奪理，明天乾脆也不要去學校了，我看妳成年後找個有錢人嫁比較實在。」

母親用力把門甩上後，愛麗絲將房間的燈關掉，蜷曲在棉被裡哭著。

愛麗絲覺得自己深陷黑暗中，被拿著懷錶的人們追趕，時間滴答滴答作響，不見天日。

幾天後，愛麗絲與表姐回到鄉下的外婆家，暫時逃離家裡的紛擾。

某日外出時，愛麗絲遇見一隻穿著奇特的兔子，牠頻頻看著懷錶，快速地奔走。出於好奇，愛麗絲偷偷地跟著兔子，不知不覺來到一個巨大樹洞，等牠跳進洞口，愛麗絲也跟著一躍而下。

沒想到，樹洞通往的是一個奇幻仙境。

愛麗絲在仙境中的森林迷了路。

「迷路了嗎？」

樹上垂吊的笑臉貓問。

「不知道自己在哪嗎？」

呢喃迴盪在林間。

「想好要去哪了嗎？」

笑臉貓不斷出現在不同樹上，也因此引導愛麗絲找到出口，出口處再次出現兔子的身影。

歷經千辛萬苦，愛麗絲終於趕上兔子，兔子暫時停了下來。

「妳一直在追著我嗎？」

「我想問你為什麼都不回頭，一直往前走？」

兔子拿起懷錶，無奈地說：

「因為當這隻錶停止，我就會死去，我不想錯過太多美好，所以就一直向前走。」

刺眼陽光打在兔子身上，拉長牠的影子。這時，愛麗絲注意到自己竟然沒有影子，便想起曾在書上看到一則冥界傳說：影子會在人們誤闖冥界時，在黑暗裡出走，要是找不回影子，本體就會永遠困在冥界，而找到影子時，必須付出某種代價才能帶回它。

愛麗絲開始嚎啕大哭。

「嗚……我雖然不知道未來要去哪，但還不想死……」

兔子不知所措地看向愛麗絲，不久後像是想到什麼似地，一隻耳朵突然豎起。

「在沒有目標的旅途中迷路，其實一點都不用擔心哦。」

兔子喃喃說。

「為什麼？」

愛麗絲稍稍停止哭泣。

「因為只要一直走，總會走到什麼地方，引導影子的光明遲早會出現，妳會再次找回它。」

「那影子的冥界傳說是真的嗎？」

兔子看了自己的影子一眼，沒有回答問題，而是冷冷地說：

「它會帶著妳繼續走下去，祝福妳旅程順利。」

兔子說完後，便頭也不回地向前奔走。

「媽媽！後來呢！愛麗絲的旅程怎麼樣了？」

女兒問完後，打了個呵欠。

「親愛的，妳該睡了。」

我親吻女兒的額頭，答應她明天繼續講述故事。
「晚安。」
等女兒睡著，我靠在窗邊，黑夜中的月光照了進來。
「好久不見，愛麗絲離開仙境後過得好嗎？」
笑臉貓出現在窗外，牠喜悅地等待我的回答。
我看著我的影子。
在答覆前，我想先跟妳說：「親愛的愛麗絲，感謝妳在仙境找到我，我才有機會奪取妳的身分回來人間。」

「她過得很好哦。」
接下來，曾經身為影子的我會繼續成為妳的太陽，帶妳邁向未來。

35

思凡

綠竹花開
歸途已定
思念無聲綻放

——《竹取公主》輝夜姬

思念是活過的美好印記

得罪天照大神不久，天宮使者便來到我居住的宮裡，遞來一朵米黃色的花。

「祢將被貶入人間，等這朵竹子花凋謝，才能回來。」

我接過花，剎那間意識便轉移到人間。

我感受到擁擠、潮溼的不適感，身體似乎變得十分渺小，蜷曲在某處，等待凡間的緣分展開。

人間之事，如五聲詠嘆調。

「老伴，竹子裡竟然有一位可愛的嬰孩。」

「是老天聽見我們的祈禱了。」

「以後她就是我們的孩子。」

一聲哭啼。

「竹取！妳跑慢一點！小心跌倒。」

「妳這孩子真是的，又把米缸的米偷偷拿去餵麻雀了。」

「老伴，別責罵她了，可見這孩子小小年紀就這麼善良。」

二聲嘻笑。

「小竹，要是那群傢伙再欺負妳，儘管跟我說。」

「別擔心，有我在，我會保護妳的。」

「別這麼說，能在妳身邊，我才幸福。」

三聲詠唱。

「能告訴在下您的名字嗎？在下是將軍的武士，將軍正在尋找像您這樣的女子。」

「您的美貌就像能照亮黑暗的公主，將軍賜給您『輝夜姬』的美名。」

「將軍向您父母提親之事，再請您與他們好好考慮。」

四聲哀嘆。

「竹取小姐您就別猶豫了，對方可是將軍呢，嫁過去榮華富貴享不盡。」

「女兒啊，雖然不捨，但我和妳母親討論過了，嫁給將軍能為我們祖上添光，妳也不用再跟著我們過苦日子。」

「小竹，妳問我的想法嗎？我……只希望妳能幸福，無論在妳身邊的人是不是我。」

五聲轉寂靜。

「輝夜姬，您還沒決定好嗎？這件事可攸關您們家的榮耀，以及您往後的幸福。」

女人如花，灌溉出芽，靜待落紅。花若盛開，只為蜂蝶？

「快看！天上有奇特的光芒！」

武士旁的將軍人馬紛紛發出讚嘆，我與父母走出房外，仰望天際。

天宮使者於滿月之夜從天而降，捎來天照大神的旨意。

「竹子花已謝，祢的懲罰結束，是時候回去天界。」

來不及答覆，曲目已來到尾聲，我隨即被使者帶上通往天界的馬車。

花開花謝，滿月明耀，眾目睽睽，曲終人散。

「祢在人間有找到美好的事物嗎？」

在回程路上，使者這樣問。

我一時無語，凝思片刻。

此夜過後，再無輝夜公主、竹取之女、等待所愛之人承諾的平凡女子。

「能以凡人身分活著，就是最美好的事物。」

只留無用思念，在凡間開出細潤無聲的花*。

＊作者注：竹子要是開出花，很快就會死掉。

36

實現願望

三個願望還不夠
只要不說出口
愛就不會消失

——《一千零一夜》神燈精靈

最後一個願望

盜賊們只差幾步之遙，就要追上我們。不幸的是眼前已無道路，只剩陡峭的懸崖。

「莉亞，狀況危急，妳不如就用掉最後一個願望吧。」

「我得思考一下。」

莉亞站在懸崖邊，似乎無懼死亡，但無論如何我都希望她能活下去。

「已經沒有時間了，快對我許願吧。」

莉亞皺起眉頭，美麗的臉龐露出一絲愁容。

「精靈，這是我最後一個願望，希望你能原諒我。」

許完願後，我們就要離別，但能與她相遇，度過這段美好的時光，我已非常幸福。

「精靈！請讓被盜賊破壞的村莊回復生機。」

幾個月前，莉亞和我路過一座被擄掠、焚燒的村子，許多村人滿臉愁容地搬運著屍體。

莉亞跟我遇過的人類不一樣，她偶然在沙漠中撿到神燈後，花了好長的時間才想到第一個願望，而且還用在別人身上。

「主人，妳確定嗎？願望只有三個而已。」

「我只是幸運撿到神燈的人，也沒有付出什麼，所以沒關係。」

千年來，擁有神燈的主人會許下各種與金財、名利、權力有關的願望，往往最後都會被欲望給吞噬，而眼前這位少女有著無比清澈的眼神。

「你好嚴肅，都沒看過你笑，還是我許願讓你笑好了。」

「主人……不要亂用願望，我笑就是了。」

「別一直叫我主人，叫我莉亞就好，那跟我一起笑一個！」

莉亞露出笑容，我跟著她展現笑顏後，她立即稱讚道：

「你的笑容很好看呢。」

「主……莉亞，謝謝妳的稱讚，妳說要讓村莊回復原狀對嗎？」

「嗯！麻煩你了！」

「不過，我無法治癒人類或讓死去的人復活，只有村莊會回復成原本的樣貌。」

「只要能幫助人們擁有重新站起來的力量就已足夠。」

我開始施展魔法，斷壁殘垣開始逐漸復原，轉眼間村莊已全部修復。

「太好了！精靈，謝謝你！」

莉亞開心地抱住我，她笑起來時，臉頰會出現微微凹陷的酒窩。

或許就是這個時刻，我對她產生了不一樣的感情。

第二個願望，莉亞讓我用魔法救下被困在岩洞裂縫中的小鹿。

被救下的小鹿沒有跟莉亞道謝，從裂縫中掙脫後，便頭也不回地跑走。

「牠能得救真是太好了。」

在下山途中，莉亞滿足地說。

「即使不被感謝，妳也覺得值得嗎？」

「我小時候生過一場大病，母親為了治好我耗盡所有，甚至付出生命，才讓我活下來，所以活著的每一刻對我來說已然足夠。而現在，我只要許下願望就能讓小鹿得救，當然值得。」

雖然她不用付出代價，但只要願望許完了，我會回到神燈裡，然後被魔法拋向千里之外，等待下個主人出現。

「對了，一直以來你都在幫別人實現願望，那你有想要的願望嗎？」

「我是無所不能的精靈，不需要願望。」

「老實跟我說哦，不能說謊！」

莉亞看穿我，我只好老實地坦承。

「自由？那怎麼樣才能讓你自由？」

「只要主人許下讓我自由的願望，我就再也不受神燈的控制。」

莉亞握起神燈，準備要許願，我立刻阻止她。

「等等，比起我的願望，妳一定還會有需要許願的時刻，先留著吧。」

我言不由衷地阻止，並非我不想要自由。

「那我們約定好，如果十天後，我還是想不到願望，就讓你自由。」

我只是希望莉亞不要這麼快許完願望。

「別皺著眉頭，快笑一個！」

這樣我就能繼續待在她的身邊。

「看你們想往哪裡逃？」

追上來的盜賊拉起弓箭，瞄向我們。

莉亞牢牢地握住我的手站在懸崖邊，面對眼前的危險，仍然不屈不撓。

「精靈，我想好了。」

她將手插進口袋，輕握神燈，準備念出許願的咒語。

「這是我最後一個願望。」

準備施展魔法前，我在心裡默念著：

「莉亞，希望下次我離開神燈時，還有緣聽聞妳之後的故事。」

「最後一個願望，我希望你自由。」

聽見不敢置信的願望後，我雙手緊套的鐵環發出光芒，接著紛紛鬆落，一陣狂風颳起把我捲到天空，獲得自由前，我將連同神燈被拋向千里之外。

「謝謝你成為我的朋友，希望未來，你還能記得我。」

莉亞對著空中的我喊道，她的酒窩泛起。而這是我最後一次，看見這世界上最好看的笑容。

變成凡人後的幾年間，我曾經努力找尋莉亞的身影，卻一無所獲，不過我從來沒有放棄找到她。

「嘿，我發現一件事情。」

最近的旅途中，我遇見一個像莉亞一樣懂得欣賞我的人。

「有人這樣跟你說過嗎？你笑的樣子很好看。」

而她曾經的存在，已變成我永遠無法擺脫的，名為愛的枷鎖。

37

不一樣的世界

乘著魔毯飛翔
愛只是短暫的魔法
橫跨不了兩個世界

——《一千零一夜》茉莉公主

跨越不了的兩個世界

「那位少女是真心為精靈著想，不過故事的結尾好悲傷。」

望著滿天星空，我幽幽地說。

阿拉丁與我肩並肩倚靠在沒有屋頂的矮樓上，討論著阿格拉巴流傳百年的神燈傳說。

「公主，如果妳有神燈，會想許下怎麼樣的願望呢？」

「我希望能見到過世的母親，但神燈似乎不能讓人復活？」

「要是有一天我能拿到神燈，我會幫妳問看看精靈，或許我們可以一起去城外的世界尋找神燈。」

他堅定而深邃的眼神透露期待。

「城外的沙漠有盜賊跟怪物出沒，你不覺得很危險嗎？」

「在這弱肉強食的世界，想要有收穫就得深入險境。」

我想起第一次和阿拉丁相遇的光景，我偽裝成平民巡視王國時，遇到地方流氓，幸虧有他，我才能即時脫困。

阿拉丁得知我身分後，講述了許多關於他從小失去父母，流落於街頭並學會生存的歷程，他描述的殘酷世界，和我生於皇室的養尊處優全然不同。

「公主，我會努力找到神燈，然後變成能配得上妳的男人，請等著。」

天空劃過一顆流星，阿拉丁像個小孩般閉上眼睛，默默許願。

阿拉丁在那晚過後，便前往城外的沙漠尋找神燈，等待他歸來的時間裡，我思索著他口中所謂的「配得上」是什麼意思，似乎並不只有地位、金錢的差距而已。

阿拉丁勇敢、浪漫，長相俊俏，也擁有我所嚮往的行動力，不過每當我們聊起書本中的知識，不識字的他無法理解其中奧妙。又或是鑑賞藝術品時，他只在乎藝術品能賣出多少錢，而非作品本身傳達的意義。

最令我在意的，是他口中的未來總有我，卻沒有關於他自己的描繪。

但我仍然對阿拉丁有著心動的感覺，可這份心動能存在多久呢？

某個午夜，身穿高貴衣著，外貌如同王子的阿拉丁，出現在皇宮寢室的窗外陽台。

「我回來了。」

阿拉丁乘著魔毯，懸浮在空中，看來他真的找到神燈，並許下了願望。

「你相信我嗎？」

他伸出手，邀請我登上魔毯，準備去看城外嶄新的世界。

雖然害怕，但我其實已經下定決心。

「嗯，一起好好享受今晚吧。」

希望在天亮之前，能把握這份愛的時間。

「妳看這世界多麼美麗。」

我們翱翔在天際，彷彿能用他的目光，觀看整個世界。流星沿著銀河墜落，遙遠國度的祭典煙火在黑夜中交織綻放。不斷堆疊的燦爛，在輕吻之後，我感受到愛。

但這份真實，再次提醒我彼此的差距。

天快亮了，我從魔毯走下，回到皇宮的陽台。

「我不再是阿拉丁，是能配得上妳的阿里王子了。」

阿拉丁自信地笑著。

「下次，再一起去看這世界好嗎？」

我停頓了一下，想說的話突然梗在口中。

其實，你是阿里王子或阿拉丁，有沒有魔法都無所謂。

「公主，我一直都愛著妳，請妳相信我。」

「我明白，也相信你，只是我沒辦法和你在一起，我們的世界並不一樣。」

「妳在說什麼？我現在已經是阿里王子，而且還為了妳找到神燈，精靈說可以讓妳見到死去母親的靈魂，這樣還不夠嗎？」

「我希望見到母親沒錯，但後來想想，這麼做只會讓我更加放不下已經失去的人。」

阿拉丁拿出神燈，激動地說：

「妳可能不相信我是認真的，神燈在這裡。」

「謝謝你，但我不需要願望了。」

「我都是為了我們好，我不懂我做錯什麼。」

沒有人做錯。

「妳變了。」

我沒有回應他，而是看向他身後濛濛亮的天空。

「妳冷靜一些時間好了，真不知道我不在的期間，妳發生什麼事情。」

他語帶失望和怒氣，轉身飛向天空。

望著他逐漸遠去的身影，讓人覺得天空很大，彷彿裝得下一切，卻容納不了不同世界的我們。

38

好孩子的日記

親愛的夥伴
來顆正義糯米糰
一同成為好孩子

——《桃太郎》桃太郎

名為正義的邪惡

一月二十日

有個最近剛遇到災難，從遠方小島生還的老伯，來拜訪我的爸爸和媽媽。老伯說，他居住的家鄉被鬼占領了，還搶走珍貴的金銀財寶。我聽完後很生氣，對老伯說：「他們太可惡了！我要殺光壞蛋！」爸爸和媽媽聽完後都笑了，他們稱讚我很有勇氣，卻沒有當作一回事。

我很生氣，所以我在夜裡偷偷拿走爸爸珍藏的武士刀，還有媽媽準備去市集賣的糰子，以及保險櫃中數個值錢的元寶。

我寫了封遠征的信留在桌上，還沒天亮就離開家，想用行動證明給他們看我的決心。

一月二十二日

離家已經兩天，有幾個路人看見我背著武士刀，就開始嘲笑我像玩家家酒，為了讓他們知道我不是好惹的，我拔出刀，砍傷一位相貌醜陋像猴子的大叔。

要給猴子大叔致命一擊時，他向我求饒，願意相信我的決心，跟隨我一起去鬼島剷除邪惡。

看在他那麼誠懇的態度上，我便讓他加入討伐隊。

猴子大叔感激地向我磕頭，肚子還發出咕嚕聲，於是我給他一個糯米糰子，他很高興地吃光了，我真是善良的隊長。

一月二十四日

我們在傍晚時抵達港口周圍的漁村，猴子大叔跟我拿了些元寶，說要去大人才能去的地方吃飯。我吵著要跟，猴子大叔受不了只好偷偷地帶上我。

我們來到一家有很多美麗姐姐的餐館，其中某位姐姐似乎很喜歡我，吃飯途中不斷找我說話，我問她要不要一起去打鬼。

雉雞姐姐說她屬於這家店的主人，而且她很愛對方，不會隨便離開這裡，她髮上繫著雉雞造型的髮簪。我很喜歡雉雞姐姐，於是掏出幾個元寶詢問店主人，店主人二話不說就把她賣給我。

雉雞姐姐離開時似乎開心地哭了，我送給她一個糯米糰子，提醒她，我是她的大恩人。

一月二十五日

我們準備搭船前往鬼島，當地漁夫說從港口到鬼島需要好幾天的時間，因為航道中藏有暗礁，沒有船夫願意前往。

猴子大叔說他懂開船，勸我不要放棄，他自從知道島上有寶藏後就特別積極。於是我們租了一艘船來渡海，當拉起船錨順風前行時，一位看起來像被人追趕的男子順勢跳進船裡。

面對不速之客，我拔出武士刀，將刀抵在他脖子上，他說自己被人追殺，請收留他，去哪他都願意。他就像隻可憐的小狗，露出憐憫眼神，渾身發抖。

船出發了，遠遠地似乎聽見岸邊有人喊著：

「小偷！快把我的錢還來！」

小狗哥哥低著頭，他破舊的口袋中有個漂亮皮夾，我決定也給他一個糯米糰子，他一定是個勇敢又善良的人，才會願意跟隨我前往危險的地方。

二月三日

航行的旅途很顛簸，好幾天都沒有寫日記了，幸好最後很順利，船在今日深夜抵達鬼島。

猴子大叔、雉雞姐姐、小狗哥哥三人用岸邊的竹子做成幾隻鋒利的竹刀，跟隨拔出武士刀的我，趁著島上迷霧正濃，摸黑襲擊鬼的村莊。

或許是我們氣勢太強，鬼完全沒有反擊，甚至跪地求饒，嘰哩呱啦地說希望和平相處，會好好招待我們。

邪惡的鬼哪能相信，我手起刀落，砍下眼前某隻鬼的腦袋，其他隊員們紛紛跟上，手起刀落。

一眨眼的時間，整個村落的鬼就都被我們殺光了，過程中，鬼悽慘的叫聲格外悅耳，誰叫牠們作惡多端，被殺死是應該的。

我們還在村莊裡一個看起來像是祭壇的地方，找到老伯所說被擄走的金銀財寶，猴子大叔、雉雞姐姐、小狗哥哥為了搶奪財寶還大打出手，竹刀貫穿了彼此的喉嚨。

望著他們慘死的屍體，真是可憐，明明可以和我一起當英雄的，卻只剩我凱旋歸家。

離開鬼島前，我注意到竹林間藏有一隻小鬼，牠蹲著發出嗚咽聲，本來想要去解決牠，但想想這麼弱小的傢伙也沒辦法做什麼，於是我便大發慈悲，饒牠一命。

回去後，爸爸和媽媽一定會大力地稱讚我，真是等不及了。

39 壞孩子的日記

來玩捉迷藏
閉上眼睛
就看不見善惡

——《桃太郎》小鬼

你的心決定你所看見的

一月十七日

今天和爸爸、媽媽一起去竹林間採筍子，爸爸察覺到有人類的氣味。媽媽聽完後渾身發抖，我從來沒有看過人類，所以問媽媽為什麼那麼害怕。媽媽說人類很可怕，會因為想獲得的東西而不擇手段，她的爸爸就是被人類殺死的。爸爸告訴我們別害怕，這座島不容易接近，但要是遇到人類的話就趕快跑進這片竹林裡。

為了舒緩心情，爸爸決定和我玩場捉迷藏，他閉上眼睛，喊完一、二、三後，遊戲開始。

一月十八日

爸爸死了，我親眼目睹一位人類男子從我們家裡跑離，家中凌亂不堪，他翻箱倒櫃似乎想找什麼。

村子裡的其他鬼圍繞在家門口，爸爸殘缺不堪的屍體躺臥在地，我和媽媽蹲在地上哭了好久。

村長說，人類男子或許是想來尋找鬼祖先留下的寶藏，寶藏供奉在祭壇裡，那位人類男子誤觸我們家門口的捕鼠陷阱，才落荒而逃。

村子裡的鬼都很害怕，因為我們都不喜歡爭鬥或暴力，如果人類再來，真不知道怎麼辦。

一月二十二日

村子裡的鬼在今天召開了會議，決定要是人類再次來訪，將好好招待他們，以和平為目標。雖然這樣對父親的死不公平，但我跟媽媽都同意這麼做，才能保護更多的鬼。

會議結束後，我問媽媽，為什麼人類那麼討厭鬼？

媽媽說，因為我們和他們不一樣，有著獠牙和尖角。

我感到困惑，只是不一樣，就該被討厭嗎？

二月二日

明天就是節分了，媽媽說那天是人類為鬼成立的日子，甚至還會拿豆子丟我們，以便驅邪消災。

好難過，我們明明沒做錯什麼，卻被誤解成邪惡的一方。

就寢時，我翻來覆去睡不著覺，趁著媽媽熟睡，我準備偷偷跑去和爸爸常玩耍的竹林。

我想念你，爸爸。

二月三日

人類來了，大家都死了。

二月十三日

我花上十天，把大家的屍體集中在一起，放了把大火燒掉。

在我們的信仰中，火神會帶領我們前往聖地，在那裡只有喜悅和快樂，不再有傷痛。

白煙冉冉升起，我看見人類屠殺村莊的幻影在火光中閃爍，我到現在還是不解，為什麼我們和人類表示善意，仍舊被慘忍對待？

特別是那位名叫桃太郎的孩子，為了搶奪所有的財寶，還殺光所有夥伴。

爸爸曾說，只要認真活著，依舊會成為別人故事中的惡魔，但唯有認真活著，才能遇見知心夥伴，然後一起獲得幸福。所以善惡沒有標準，甚至不存在，你的心決定你看見的。

如果痛苦的話，就閉上眼睛，數到三，就像玩捉迷藏，重新找到方向。

爸爸和媽媽，我想我得花上不少時間才能忘記這些傷痛，不過我會銘記你們的好，接下來，我會踏上尋找其他夥伴的旅途。

一、二、三，來日在聖地再見。

40

永不凋謝

交付玫瑰
只願你在旅程中
帶走盡可能多的星星

——《小王子》小王子之母

永恆不變的愛

「我要前往別的星球了。」

終於迎來你啟程的這一天，在滿是星星的銀河港口，我準備與你道別。

「帶上它，它會保護你旅程順利。」

我把珍藏許久的玫瑰交給你。

「我會好好照顧它的。」

你神采奕奕，眼中閃耀著數不盡的光芒。

「一路順風。」

「媽媽。」

踏上飛船前，你回過頭，就像過往那樣抱住我。

「我愛妳。」

你踏上飛船揮手道別時，我想起你孩提時的問題。

「媽媽，廣大無邊的星空中有什麼？」
你躺在我懷中，仰望著星空。
「無數美麗的玫瑰。」
我指向無垠遠方漂流著的玫瑰。
「那會有愛著我的玫瑰嗎？」
「會有的，只要你去追尋。」
雖然不清楚你是否能理解玫瑰的意義，但我試著先告訴你。
我回覆後，你心滿意足地笑了，繼續問：
「除了玫瑰，還有什麼呢？」
「有顆簇的流星雨，高溫和低溫的行星，等著被你馴服的狐狸。」
你清澈的雙眸就像恆星。
「還有一顆適合你居住的行星。」
「那等我找到了，妳會過來嗎？」
「我的玫瑰會。」

我最難忘的哭聲有兩次。

第一次，你的宇宙剛形成。

「是個健康的男孩。」

我看著剛來到這世界的你，你雖然還沒辦法睜開眼睛，但我的玫瑰早已準備好，迎接你的到來。

第二次，是她給你的玫瑰枯萎時。

「根本不存在愛著我的玫瑰。」

你收拾地上散落的花瓣，掉著眼淚，好長一段時間都不再眺望星空。我為你心疼，但又相信像你這樣好的孩子，終究會遇到那朵玫瑰。

夜空下起了流星雨，點綴遙遠彼方的某個行星。你離開的幾年後，我常這樣仰望天際，偶爾能見到你與狐狸的影子幸福搖曳。

無論你能接住多少星星，旅途還有多遙遠，有一道引力在億萬光年外依舊存在著。

你孩提時所追尋的玫瑰，如今已經找到幾朵了呢？或許你已經因為凋謝的玫瑰，周而復始地踏上旅程。

但請記得，我給你的那朵。

「就算你不知道我有多麼愛你，我仍會繼續愛著你，無窮無盡。」

永遠都不會凋謝。

後記

在《哈利波特》的魔法世界中，有一種糖果叫柏蒂全口味豆子，擁有各種滋味的新奇感。我期許《心碎三行詩童話》能像柏蒂全口味豆子一樣，讓讀完此書的你從中嘗到喜歡（或沒那麼喜歡）的多元味道，並帶走想要的情感價值。

創作本身就像一種魔法，透過想像力，建構嶄新的故事小島，特別感謝一路上願意相信我、支持我施展魔法的人們和讀者，才有此書的誕生。

如果有緣，我們還會在另一個故事裡相見。

小島　二〇二四年九月十八日

文字森林
READING FOREST
文字森林系列 040

心碎三行詩童話
揭開我們如何為愛而傷、在傷裡長大的真相

作　　　者　小島
封 面 設 計　Dinner Illustration
內 文 設 計　點點設計 × 楊雅期
行 銷 企 劃　林思廷
主　　　編　陳如翎
出版二部總編輯　林俊安

出 版 發 行　采實文化事業股份有限公司
業 務 發 行　張世明・林踏欣・林坤蓉・王貞玉
國 際 版 權　劉靜茹
印 務 採 購　曾玉霞・莊玉鳳
會 計 行 政　李韶婉・許俽瑀・張婕莛
法 律 顧 問　第一國際法律事務所　余淑杏律師
電 子 信 箱　acme@acmebook.com.tw
采 實 官 網　http://www.acmebook.com.tw
采 實 臉 書　http://www.facebook.com/acmebook01

I S B N　978-626-349-808-2（平裝）
978-626-349-818-1（平裝親簽版）
定　　　價　380 元
初 版 一 刷　2024 年 10 月
劃 撥 帳 號　50148859
劃 撥 戶 名　采實文化事業股份有限公司
104 台北市中山區南京東路二段 95 號 9 樓
電話：(02)2511-9798　　傳真：(02)2571-3298

國家圖書館出版品預行編目資料

心碎三行詩童話：揭開我們如何為愛而傷、在傷裡長大的真相/小島著.
-- 初版. – 台北市：采實文化事業股份有限公司, 2024.10
248 面；14.8X21 公分. --（文字森林系列；40）（文字森林系列；40X）

ISBN 978-626-349-808-2（平裝）. --
ISBN 978-626-349-818-1（平裝親簽版）

863.596　　113012906

采實出版集團
ACME PUBLISHING GROUP